PREMIÈRES
LEÇONS
DU FILS AINÉ
D'UN ROI.

PREMIÈRES LEÇONS

DU FILS AINÉ

D'UN ROI.

Par un Député présomptif aux futurs Etats-Généraux.

Aux femmes & aux rois,
Il faut parler par Apologues.

A BRUXELLES,

1789.

APOLOGUES

MODERNES.

PREMIERE LEÇON.

PROMÉTHÉE.

Jusqu'aprésent les mythologues ont mal raconté l'hiſtoire allégorique de Prométhée. Voici le fait : Cet ingénieux artiſte de l'antiquité ayant pétri de l'argile dans de l'eau , en compoſa pluſieurs figures d'hommes qu'il anima avec le feu élémentaire. Il ſe complaiſoit dans ſon ouvrage , comme un pere dans ſes enfans. Tout alla d'abord aſſez bien. Mais un jour, en rentrant dans ſon attelier, quel ſpeċtacle s'offre aux yeux de Prométhée. Ces hommes à qui il avoit donné une même exiſtence , & qu'il avoit formé du même limon , ſe prirent de querelle entr'eux pendant ſon abſence : en ſorte qu'ils s'étoient battus & mutilés les uns les autres. Ils avoient fait pis encore. Quelques-uns profitant du déſordre géné-

ral , foit par rufe , foit par force ou autrement , s'étoient foumis leurs femblables au
point que ceux - ci , profternés à leurs pieds ,
ofoient à peine lever les yeux , & leur obéiffoient
au premier gefte. Que vois-je ! dit Prométhée
en fureur. J'avois cru faire des hommes , & non
des efclaves & des maîtres. Maudite engeance !
Je vous avois créés tous égaux. Avec le fouffle
de la vie , je vous avois animé auffi de l'efprit
de la liberté ! Vous avez donc laiffé éteindre
ce flambeau. Allez ! Je vous renie pour mes enfans.
Je vous abandonne à votre mauvaife deftinée , &
me répens de mon ouvrage.

Prométhée les quitta en effet , & fe retira fur
le Mont-Caucafe. Mais fon cœur emporta avec
lui le trait qui l'avoit déchiré. Le remords d'a-
voir donné naiffance à des efclaves , en créant
les hommes , le confuma lentement & lui fit fouffrir une douleur pareille à celle que fouffriroit un
malheureux dont les entrailles renaîtroient , laf-
cérées fous la dent d'un vautour.

LEÇON II.

LE TOCSIN.

EN ce tems-là ; un étranger , en entrant dans la capitale d'un grand Empire , entendit sonner pendant long - tems le tocsin. Il interrogea les gens de la ville pour savoir quel malheur étoit arrivé. Y auroit-il quelque part un incendie ?

Non , lui répondit quelqu'un ; mais nous célébrons la naissance d'un prince qui peut-être un jour , ajouta-t-il à voix basse , sera un incendiaire. La même cloche devoit servir à annoncer deux événemens à-peu-près semblables. Il y a cependant cette différence entr'eux : c'est qu'on a établi des corps de pompes pour éteindre les incendies ; mais on n'a pas encore promulgué un corps de loix pour arrêter les incendiaires.

LEÇON III.

L'ÉPREUVE.

EN ce tems - là ; il étoit un roi orgueilleux qui
se croyoit pétri d'un autre limon que ceux qui
vouloient bien lui obéir. Le sénat, placé entre lui
& le peuple pour servir de médiateur, s'assembla,
& convint de lui faire une remontrance à ce sujet.
La reine étoit enceinte, & prête d'accoucher. Un
vieux magistrat se leva du milieu de l'assemblée,
& proposa l'expédient suivant, pour corriger le
prince. Au moment de la naissance de l'enfant
royal, on présentera au pere trois enfans nés à la
même heure, & on lui laissera le soin de choisir quel
est le sien. On lui dira en même-tems que, puisque
les rois & leurs successeurs naissent pour le trône,
pétris d'un autre limon que le reste de leurs sujets,
il n'aura point de peine à distinguer l'enfant royal
qui lui appartient. Le roi furieux, mais fort em-
barrassé, hésita long-tems, & choisit enfin pour
son fils le fils du concierge du château. Alors le
chef du sénat lui dit : Si l'œil du pere balance, &
même se trompe sur le choix de son propre enfant,
avouez, prince, que le fils du pâtre naît l'égal du

fils du roi; qu'un homme ne peut fe dire roi - né; qu'il ne fort pas du ventre de fa mere, tout coëffé d'une couronne; que c'eſt le peuple qui la confie à qui bon lui femble; en un mot, qu'un fouverain n'eſt que *primus inter pares*.

LEÇON IV.

LE ROI GARDEUR DE COCHONS.

EN ce tems-là; un jeune roi étoit enclin à la débauche, même à la crapule; c'étoit un vice héréditaire. Les états-généraux, tuteurs - nés du fouverain, qui n'étoit jamais émancipé pour eux, s'affemblerent & concerterent un moyen de corriger le jeune prince. Un jour qu'il s'étoit livré tout entier à fon penchant ignoble, plongé dans un profond fommeil, on fe faifit de fa perfonne royale; & de fon palais, on le tranfporta tout endormi dans une étable, fur une litiere. A fon réveil, le jeune prince put à peine en croire fes yeux. Il ne fait s'il rêve encore. Il ne retrouve plus fon trône, fa couronne, fon fceptre, ni fes maî-treffes pour le careffer, ni fes valets pour le fervir, ni fes flatteurs pour l'exciter à de nouveaux excès. Il veut commander; des pâtres prévenus accourent

à fa voix, & le traitent fur le pied de la plus parfaite égalité. En vain le prince menace & réclame
fon autorité. On l'accufe d'avoir la tête aliénée, &
on l'entraîne, malgré lui, à la garde du plus vil
des troupeaux. Enfin, après quelques jours de cette
épreuve, on faifit un moment de fommeil pour
le replacer fur fon trône. Le Prince ne fut point
tout-à-fait dupe de tout cela ; mais il n'eut pas
le bon efprit de profiter de la leçon tacite. Il re-
tomba bientôt dans fon vice héréditaire. Alors les
états-généraux conclurent à le dépouiller tout-à-
fait de fa dignité, pour laquelle il ne paroiffoit pas
né ; & le condamnerent, tout de bon, à paffer le
refte de fes jours au milieu du vil troupeau dont il
avoit les mœurs.

LEÇON V.

LE ROI NAIN.

EN ce tems-là ; un prince fouverain mettoit fa
vanité à ne compofer fon nombreux domeftique
que de valets de la plus haute taille. Il n'eut qu'un
fils, lequel avoit une ftature qui n'étoit précifé-
ment élevée qu'autant qu'il en falloit pour qu'il
ne fût pas tout-à-fait un nain. A la mort de fon

pere, le fils régnant à son tour, signala les premiers jours de son regne par substituer un peuple de nains à tous ces grands valets qui blessoient depuis trop long-tems sa vue & son amour-propre. Ne voyant autour de lui que de petits hommes, il ne tarda pas à oublier qu'il y en avoit de plus grands que lui, qui en effet étoit le plus haut de tous ceux qui le servoient. Malgré toutes les précautions qu'on prenoit pour qu'il ne se présentât à ses yeux que des hommes encore plus petits que lui, un grand homme vint à bout de pénétrer dans son palais, & jusqu'en sa présence. Il fut traité de *monstre*, & mis comme tel dans la ménagerie du prince.

LEÇON VI.

LEÇON D'ARCHITECTURE.

COMMENT appelle-t-on ces figures humaines qui servent de colonnes pour soutenir l'architrave de ce palais ? demanda un jour un jeune prince à son gouverneur.

On les appelle *Cariatides*.

Que veut dire ce mot ?

C'est le nom des habitans de la Carie.

Pourquoi avoir donné cette forme & ce nom à ces pilaſtres ?

Pour éterniſer le châtiment de ce peuple traître, qui s'étant ligué avec les Perſes contre ſes freres, les autres Grecs, fut paſſé au fil de l'épée; on réduiſit les femmes en ſervitude.

Les architectes modernes, qui n'avoient pas le même motif que les anciens de conſerver cet ordre, en firent cependant uſage dans une autre intention. Comme ces figures coloſſales ne s'emploient ordinairement qu'aux palais des rois, les rois ne peuvent jetter les yeux ſur leurs palais, ſans réfléchir que leurs ſujets reſſemblent aux Cariatides qui ſoutiennent le balcon où ils ſe promenent. Si la charge eſt trop lourde, le peuple ploye & ſe briſe; mais, dans ſa chûte, il entraîne ceux qui peſoient ſur lui.

LEÇON VII.

LEÇON D'ARITHMÉTIQUE.

EN ce tems-là; un jeune roi très-jeune en étoit encore aux élémens de l'arithmétique. Son maître de mathématiques, qui n'étoit point un courtiſan, lui donna un jour cette leçon.

Un roi, par exemple, eſt dans ſon royaume,
comme l'unité: s'il ſe trouvoit tenté de ne regarder chacun de ſes ſujets que comme un zéro,
on pourroit lui faire obſerver que ce ſont les zéros
qui donnent une valeur à l'unité. Plus on les mul-
tiplie, plus l'unité compte. L'unité, réduite à elle-
même, ne ſeroit rien. Elle leur doit tout ce qu'elle
vaut. Il y a pourtant cette différence importante
entre les zéros en politique & les zéros en arithmétique, c'eſt que les derniers ne peuvent entrer en
compte ſans l'unité qui leur donne une exiſtence,
& de laquelle il ne peuvent ſe paſſer. Les premiers,
au contraire, font tout pour l'unité qui ne fait
preſque rien pour eux.

LEÇON VIII.

LA LEÇON D'ARMES.

EN ce tems-là; un roi apprenoit à faire ce qu'on
appelle des armes, & il n'étoit pas des plus adroits;
preſque toutes les fois qu'il s'eſcrimoit, il ſe
bleſſoit lui-même, ou bleſſoit ceux contre qui il
tiroit. Quelqu'un préſent à ſes exercices, oſa bien
lui dire un jour:

Prince, croyez-moi, défaites-vous de votre

fceptre , comme de votre épée ; car il eft encore
bien plus difficile de porter l'un que de manier
l'autre ; & les coups de mal - adreffe font d'une
bien plus grande conféquence.

LEÇON IX.

COURS D'ANATOMIE.

EN ce tems-là ; un jeune roi, enclin au defpotifme , parut defirer faire fon cours d'anatomie. Le
fénat ordonna qu'on lui en feroit les démonftrations
fur le fquelette d'un tyran nagueres décapité juri-
diquement. Le jeune prince en fut prévenu dès les
premieres leçons ; & ce cours lui valut un traité de
morale.

LEÇON X.

L'ÉLEVE EN CHIRURGIE.

EN ce tems-là ; un jeune Roi, qui ne refpiroit
que la guerre , fut fait prifonnier. Le vainqueur gé-

néreux, pour toute satisfaction, obligea le jeune prince captif d'assister, en qualité d'éleve, au pansement d'un hôpital d'armée : puis on le renvoya à ses sujets, qui applaudirent tout bas à la leçon.

LEÇON XI.

LA STATUE RENVERSÉE.

En ce tems-là ; un prince ombrageux se promenant dans une place publique de sa capitale, apperçut sa statue renversée.

Quel est le téméraire qui m'a fait cet outrage ? Qu'il meure !

Prince, lui répondit-on, c'est le tonnerre.

LEÇON XII.

LES DEUILS DE COUR.

En ce tems-là : j'entrai un jour dans la capitale d'un grand empire. Les habitans étoient en deuil. Hommes & femmes, tous étoient vêtus de laine. La foie, l'or & les pierreries avoient difparu. Jufqu'aux armes, tout avoit pris la livrée de la trifteffe. Inquiet de ce fpectacle, je pris des informations !

De quelle calamité la ville eft-elle affligée, ou menacée ? A-t-elle perdu fon roi, fa reine, quelques-uns des princes de la race impériale ? Et ces princes valent-ils les frais & les incommodités du deuil ?

Non, me répondit un citoyen. Un fouverain du fond du nord vient de mourir, & on porte fon deuil.

Il a donc rendu de grands fervices à la nation ?

Au contraire, il lui a enlevé une province entiere, & n'a accordé la paix que faute de combattans.

Et c'eft pour un tel prince qu'un peuple étranger au mort, couvre fes habits de *pleureufes !* En ce cas, que fait-il, quand il a perdu fon propre roi, ou quelques grands hommes ?

Le plus grand philofophe eft mort à la même époque ; mais, loin de lui accorder les honneurs d'un deuil public, on refufa à fes mânes ceux de la fépulture.

LEÇON

LEÇON XIII.

L'IMPÔT SUR LE SOMMEIL.

IL étoit une fois un roi (c'eſt ainſi qu'en ce tems-là on étoit convenu par décence d'appeller un tyran). Il étoit un roi qui propoſa, en plein conſeil, un prix à celui qui imagineroit quelque nouvel impôt. On en avoit déjà tant créé, que le cerveau le plus fécond des plus intrépides miniſtres de la finance étoit épuiſé. Un des membres du conſeil opina pour lever un impôt ſur l'ombre que donnent les arbres aux pauvres gens de la campagne. Le roi, émerveillé d'une telle invention, ſe préparoit déjà à couronner l'inventeur, & même à lui donner la régie de ce nouveau droit, lorſqu'un autre conſeiller ſe leva, & dit : mais, quand il ne fait plus de ſoleil, & ſur-tout en hiver, il ſeroit auſſi par trop injuſte de faire payer l'ombre même dont on ſeroit privé; il faut de l'équité en tout. Je ferois plutôt d'avis de lever une impoſition ſur le ſommeil (1); taxe d'autant plus importante, qu'on dort tous les jours, & qu'en ou-

____

(1) L'empereur Veſpaſien mit un impôt ſur les urines.

B

tre, dans un cas urgent, fa majefté pourroit or-
donner à fes fujets l'ufage des narcotiques.

Sa majefté leva les mains au ciel, en admirant
toute l'étendue, toutes les reffources du génie de
l'homme, & fit fon favori du confeiller qui avoit
fi heureufement opiné.

LEÇON XIV.

LES TROIS GAMBADES.

EN ce tems-là : un fage, député de fa province
auprès du fouverain, pour en obtenir la ceffation
d'un impôt, fut admis à l'audience à fon tour. Le
fouverain, bien jeune encore, répondit à la re-
quête en ces termes :

Je vous accorderai tout ce que vous me deman-
dez, fi vous confentez à déroger, pour un moment,
à la gravité de votre perfonnage, en vous réfol-
vant à faire trois gambades en préfence de toute
ma cour.

Le notable répliqua :

Prince ! je ne fuis pas plus familiarifé avec les
gambades d'un finge, qu'avec les courbettes d'un
courtifan. Puifque l'impôt ne tenoit qu'à cela, les
gens de votre fuite m'acquitteront de refte. Mais

choisiffez de commander à des hommes, ou à des finges. Le même roi ne peut l'être des uns & des autres à la fois.

LEÇON XV.

LA LAMPE ET L'HUILE.

EN ce tems-là : un jeune fouverain, ami du fafte, multiplioit tous les jours les impôts. Le fénat lui fit enfin des remontrances; il fe contenta de répondre :

Pour éclairer., la lampe a befoin d'huile.— Sans doute , reprit courageufement le chef de la magiftrature; mais il ne faut point d'huile par-deffus les bords de la lampe : il fuffit que la mêche en foit imbibée; elle s'éteindroit , fi elle en étoit inondée.

LEÇON XVI.

LA REMONTRANCE.

EN ce tems-là ; un jeune prince, oubliant les principes de fon éducation, à peine monté fur le

trône, vouloit envahir une petite province qui
touchoit à ſes frontieres, & dont les habitans, à
l'abri ſous les haillons de la pauvreté, avoient
juſqu'alors vécu libres.

L'ancien gouverneur du nouveau monarque,
inſtruit des mauvais deſſeins qu'on lui ſuggéroit,
réſolut de faire uſage de l'aſcendant que le tems
n'avoit pas encore pu lui faire perdre ſur l'eſprit
de ſon éleve. Il le pria de l'accompagner ſur le
ſommet d'une haute montagne qui dominoit le
palais impérial. Arrivés-là tous deux, le gouverneur dit à ſon éleve : remarquez-vous combien les
objets d'ici perdent de leur volume. Vous avez les
yeux moins fatigués que les miens ; dites-moi ſi
vous appercevez le petit canton contre lequel vous
vous propoſez de conduire une partie de votre
armée.

Non, mon ami, dit le jeune prince. Je vous
avoue que je ne puis le diſtinguer. Il eſt comme
perdu dans la foule des objets qui s'offrent ici à
nous de toutes parts.

O mon auguſte éleve, reprit le gouverneur ; la
conquête d'un petit coin de terre, à peine ſenſible,
peut-elle avoir aſſez de charmes, peut-elle devenir
un objet aſſez important pour votre gloire ? Cette
conquête ajoutera-t-elle un fleuron de plus à votre
couronne ? Croyez-moi, laiſſez en paix vos voiſins ;
ſouffrez qu'ils vivent libres, à l'ombre de votre
trône ; & ne convertiſſez pas pour eux votre ſceptre

en verge de fer. Ils perdroient tout, & vous n'y gagneriez prefque rien.

LEÇON XVII.

LA CONSULTATION.

EN ce tems-là : un fouverain jeune encore confulta un philofophe en ces termes : qui m'empêcheroit de prétendre aux honneurs divins? Un homme, comme moi, le mérite peut-être tout autant que les animaux & les plantes de l'Égypte & d'ailleurs. Ainfi donc, un édit proclamé aujourd'hui me vaudra demain des autels & de l'encens.

Prince! lui répondit l'ami de la fageffe, croyez-moi, les plantes & les animaux ont joui des honneurs divins en Égypte, peut-être parce qu'ils ne les ont pas demandés aux hommes. Car il fe pourroit bien que les hommes fuffent auffi avares d'encens exigé ou mérité, qu'ils font prodigues d'encens volontaire & gratuit.

LEÇON XVIII.

LES TROUS ET LES TACHES.

EN ce tems-là : un philosophe fut un jour mandé à la cour. C'est bien ici le cas, dit-il en partant, de prendre mon manteau. De son côté, le prince, pour le recevoir, s'étoit aussi revêtu du sien, afin de lui en imposer davantage.

En présence l'un de l'autre, le roi dit au philosophe, après l'avoir examiné de la tête aux pieds :

Homme sage ! votre manteau a des trous.

Le sage, examinant le roi à son tour, lui répliqua :

Prince, le vôtre a des taches.

LEÇON XIX.

LA MÉPRISE.

EN ce tems-là : un sage fut mandé au palais d'un souverain. Il y va. Les portes des appartemens étoient ouvertes. Il entre jufqu'à ce qu'il rencontre à qui parler. Il s'arrête & converfe avec deux ou trois perfonnages couverts d'or. Après quelques momens d'entretien , il leur dit : Le tems m'eft cher, faites-moi parler à votre maître. — Le fage s'étoit mépris ; au maintien & au langage du maître & de fes courtifans , il les avoit pris pour des valets.

LEÇON XX.

LE LEVER DU ROI.

EN ce tems - là : un fage , fous les dehors d'un courtifan , fut admis au lever d'un roi. Quand fon tour d'amufer fa majefté fut arrivé, il lui dit : Il étoit une fois un roi qui , à fon avénement au trône, fit enlever de l'intérieur de fon palais toutes les horloges & autres inftrumens propres à marquer le tems. Il partagea fa befogne de roi en vingt-quatre parties égales ; vingt-quatre miniftres choifis & éprouvés venoient tour - à - tour lui annoncer l'heure de la journée, en lui propofant un nouveau travail.

Ce fouverain ne dormoit donc pas , dit au conteur fa majefté écoutante ?

B iv

Non, prince! ce roi ne dormoit point. Il penfoit que, pour être bon roi, il falloit avoir la faculté de ne point dormir.

Mais cela eft impoffible, reprit fa majefté écoutante. Je n'aurois point accepté la couronne à ce prix. Regner, pour ne point dormir! ...

Auffi, répliqua le faux courtifan, ce n'eft qu'un conte à dormir debout que je fais à fa majefté.

LEÇON XXI.

LES SPECTACLES DE LA COUR.

UN fouverain nourriffoit fes hiftrions avec le pain de fes pauvres fujets; il faifoit plus : il contraignoit fes pauvres fujets à jeun à venir applaudir aux chants & aux geftes de fes virtuofes engraiffés de leurs fueurs. Un jeune étranger, témoin des fêtes brillantes qui fe donnoient à la cour du roi, s'en retournoit émerveillé. Le bon prince, s'écrioit-il! Il daigne partager fes plaifirs avec tout fon peuple. Oui, dit quelqu'un, cette nation feroit la plus heureufe de la terre, fi elle n'avoit que des yeux & des oreilles : il ne lui manque que du pain.

LEÇON XXII.

LES RÉJOUISSANCES PUBLIQUES.

EN ce tems-là : c'étoit la fête du roi; il fit afficher des placards dans tous les carrefours de chaque ville de son empire :

Aujourd'hui, fête du monarque; deux fontaines de vin couleront dans toutes les places publiques, depuis le lever du jour jusqu'au milieu de la nuit. Que notre bon roi est généreux! disoit le peuple.

Un homme, qui se trouvoit pour lors dans la foule, s'écria :

Malheur au peuple dont le roi est généreux! Le roi ne peut donner que ce qu'il a pu prendre à son peuple. Plus le roi donne, plus il a pris au peuple. On n'est point avare du bien d'autrui.

LEÇON XXIII.

VERSAILLES ET BICÊTRE.

EN ce tems-là : c'étoit la fête d'un prince; il avoit daigné ouvrir au peuple les portes de son palais ; & les plébéiens s'y précipitoient en foule. Ils n'avoient pas affez d'yeux, ils ne les avoient pas affez grands, pour voir & admirer la magnificence & la richeffe des ameublemens. Ils ofoient à peine pofer le pied fur les tapis précieux ; & ils fe gardoient bien d'approcher trop près des glaces, dans la crainte de les ternir par leur haleine. Un homme, au milieu de la foule, étudioit en filence les paffions diverfes du cœur humain. L'admiration ftupide de tous ces individus l'indigna à la longue ; il ne put s'empêcher de leur dire, en hauffant les épaules :

Eh ! mes amis ! ne vous extafiez pas tant fur le fort du maître de ce palais. Rien ici n'eft à lui. Il n'eft heureux que de vos bienfaits ; il ne vit que d'emprunts. Qui eft-ce qui lui a coulé ces glaces fuperbes ? Ce font des manufacturiers pris d'entre vous. Qui eft-ce qui lui a fculpté ces lambris ; qui eft-ce qui les a revêtus d'or ? Ce font des artiftes pris d'entre vous. Qui eft-ce qui lui a dreffé ce lit voluptueux ? Ce font des ouvrieres habiles d'entre vous. Qui eft-ce qui a tiré de la carriere les matériaux qui compofent ce temple du luxe ; qui eft-ce qui les a taillés & pofés à leur place ? Ce font des gens robuftes d'entre vous. Si chacun de vous emportoit d'ici fon ouvrage, le maître de céans fe trouveroit plus pauvre & plus embarraffé que chacun de vous. Il vous donne du pain pour toute cette befogne. Mais pourquoi en mange - t - il plus que vous, & de meilleur que le vôtre ; & pourquoi ne le gagne-t-il pas comme vous à la fueur de fon front ? Il eft votre égal, & il croit vous faire une grace, & s'acquitter, en vous admettant dans ce palais bâti par vous..... Voilà, mes amis, ce qui devroit vous ébahir.....

LEÇON XXIV.

WESTMINSTER.

LES rois d'Angleterre font couronnés & inhumés à l'abbaye de Weftminfter. C'eft une affez bonne leçon qu'on pourroit donner aux monarques, que de leur faire remarquer ce rapprochement dans lequel peut-être on n'a mis aucune intention ; mais il faut profiter de tout, pour faire naître des penfées falutaires dans l'efprit aride ou récalcitrant de la plupart des rois. On pourroit donc leur dire : Princes ! fongez que là où vous prenez la couronne, vous devez la dépofer, peut-être plus vîte que vous ne penfez. Mais n'attendez pas ce moment pour la nétoyer des fouillures que vous auriez pu lui faire contracter. Sur-tout ne la teignez pas du fang de vos peuples. Tôt ou tard, vous en feriez puni ; craignez que le peuple, las de fouffrir un roi defpote, tandis qu'il peut fe paffer même d'un bon roi, ne vous remene au lieu où il vous a couronné; mais s'il vous y mene une fois, fongez que ce fera pour n'en jamais fortir.

LEÇON XXV.

LA STATUE D'ALEXANDRE.

EN ce tems-là : quelqu'un fatigué d'une longue courfe dans un parc d'une vafte étendue, s'affit fur une ftatue renverfée. Ce ne fut qu'en fe levant qu'il s'apperçut qu'il s'étoit repofé fur la ftatue d'Alexandre. Je ne m'attendois pas, s'écria-t-il, que je devrois un moment de repos au plus grand perturbateur du genre humain.

LEÇON XXVI.

L'UTILITÉ DES STATUES D'UN TYRAN.

EN ce tems-là : un mauvais roi fe fit dreffer une ftatue coloffale ; & fes fujets, épuifés d'impôts, murmuroient toutes les fois qu'ils paffoient au pied de ce monument. Quelqu'un, voyageant vers le milieu du jour, fe repofa fur les degrés du piedeftal, à l'ombre de la ftatue, & dit affez haut pour être entendu : Béni le prince dont l'effigie feule eft déjà un bienfait. ‒‒ C'eft un tyran, lui répondit un citadin à l'oreille, & ce bronze eft compofé de la dépouille du pauvre. ‒‒ Le voyageur répliqua, en fe levant : le méchant même a donc auffi fon heure pour être bon.

LEÇON XXVII.

LE RASOIR.

EN ce tems-là : un barbier rafoit un roi, & le faifoit fouffrir. Le prince fe plaignit. Le barbier lui dit : Seigneur, je me fers pourtant de la même lame dont vous daigniez me vanter vous-même hier la bonté. --- N'importe, reprit le roi ; puifqu'elle me fait mal aujourd'hui, il faut en changer. --- Il fut obéi, & ne fouffrit plus.

Sa toilette n'étoit pas encore achevée, qu'un courier hors d'haleine fut admis en fa préfence. Prince, une de vos provinces du nord, révoltée du nouvel impôt, a brifé vos images, & s'eft élu un autre fouverain que vous. Le roi, à ce récit, fe mit d'une colere difficile à peindre. Qu'on les paffe tous au fil de l'épée! Les rébelles! Les ingrats! Ils ne fe fouviennent donc plus du bien que je leur ai fait à mon avénement au trône.

Prince, reprit à demi-voix quelqu'un qui fe trouvoit-là par hafard, & qui ne tenoit pas beaucoup à la vie, c'eft l'hiftoire de votre rafoir, que vous rejettez aujourd'hui, parce qu'il ne vous paroît pas auffi bon qu'hier. Les hommes fans doute ont le droit de changer de roi, comme vous de rafoir.

LEÇON XXVIII.

VISION.

L'ISLE DÉSERTE.

EN ce tems-là : revenu de la cour, bien fatigué, un vifionnaire fe livra au fommeil, & rêva que tous les peuples de la terre, le jour des faturnales, fe donnerent le mot pour fe faifir de la perfonne de leurs rois, chacun de fon côté. Ils convinrent en même-tems d'un rendez-vous général, pour raffembler cette poignée d'individus couronnés, & de les réléguer dans une petite ifle inhabitée, mais habitable; le fol fertile n'attendoit que des bras & une légere culture. On établit un cordon de petites chaloupes armées pour infpecter l'ifle, & empêcher fes nouveaux colons d'en fortir. L'embarras des nouveaux débarqués ne fut pas mince. Ils commencerent par fe dépouiller de tous leurs ornemens royaux qui les embarraffoient; & il fallut que chacun, pour vivre, mit la main à la pâte. Plus de valets, plus de courtifans, plus de foldats. Il leur fallut tout faire par eux-mêmes. Cette cinquantaine de perfonnages ne vécut pas long-tems en paix; & le genre humain, fpectateur tranquille, eut la fatisfaction de fe voir délivré de fes tyrans par leurs propres mains.

LEÇON XXIX.

LES CHAINES DE FER ET LES SOCS DE CHARRUE.

EN ce tems-là : un tyran foupçonneux avoit fait forger tant de chaînes, qu'il reftoit à peine affez de fer pour les focs des charrues. Afin de le lui apprendre, on ne fervit un jour fur fa table que du gland apprêté de toutes les manieres. Le prince furieux en demanda la raifon. On lui répondit qu'on ne pouvoit labourer la terre avec des chaînes de fer. --- Eh bien ! qu'on les faſſe d'or : pourvu que j'aie des eſclaves, n'importe à quel prix. --- Il vous en coûteroit moins pour avoir des amis, lui répliqua-t-on.

LEÇON XXX.

CONTE DE FÉE.

EN ce tems-là : il étoit une fois un roi qui aſſembla un jour ſon peuple, pour lui dire :

Mes amis, mes prédéceſſeurs n'ont pas tous été de bons rois ; mes ſucceſſeurs probablement ne feroient pas tous de bons rois. D'après ma propre expérience, je m'apperçois que le roi le mieux intentionné n'eſt pas néceſſaire aux hommes, ſes ſemblables, ſes égaux ; leſquels peuvent très-bien ſe conduire eux-mêmes, puiſqu'ils ne ſont plus des enfans. Ainſi donc, ſans vous gêner pour me faire un état convenable à mon rang, ſans vous expoſer davantage à des ſouverains pires que moi, rentrons chacun chez nous. Que chaque pere de famille ſoit le roi de ſes enfans ſeulement. Je veux vous montrer l'exemple. Reprenez ce que j'ai de trop, à préſent que je ne ſuis que chef de maiſon ; & diſtribuez le ſuperflu aux peres de famille qui n'ont pas aſſez.....

LEÇON

LEÇON XXXI.

PRÉDICTION VÉRITABLE ET REMARQUABLE.

EN ce tems-là : dans la capitale d'un grand empire, le luxe, l'égoïsme, la dureté, l'impudence de la claſſe la moins nombreuſe des habitans, c'eſt-à-dire, des maîtres, étoient portés à un point, que la claſſe la plus nombreuſe, c'eſt-à-dire, celle des valets, ou de tous ceux qui ſervent chez les riches & les grands, après une patience dont la durée indignoit même le ſage, ceſſerent tout-à-coup & de concert leurs travaux & leurs ſervices. Les maîtres, qui ne ſoupçonnoient le peuple, pas même capable de la plus humble réclamation, dirent à leurs valets d'un ton encore plus haut qu'à l'ordinaire : canaille ! à votre devoir ! obéiſſez donc ! ſervez-nous ! — Votre regne eſt paſſé... répondit le plus éloquent d'entre le peuple. *Mes amis !* continua l'orateur. Un moment !... Ceux que vous appelliez vos valets forment les trois quarts des habitans de cette ville ; & ceux que nous appellions nos maîtres, n'en compoſent que le quart. Mes amis ! nous ſavons au moins compter jufqu'à quatre; & la fcience du calcul mene droit à la liberté. Prenez garde à trois contre un. La partie, comme on dit, n'eft pas égale. Craignez que les plus forts n'ufent envers vous de repréfailles, & ne vous infligent la peine du talion... Raffurez-vous cependant. Nous voulons bien, par une équité pleine de modération, expier l'aviliffement volontaire où nous avons eu la lâcheté de végéter jufqu'à ce jour. Nous ne rendrons pas le mal pour le mal; mais nous vous rappellerons que jadis nous étions tous égaux; que même encore au tems d'Homere, Achille faifoit fa cuifine, & les princeffes, filles des rois, couloient la leffive. On appelloit ce tems-là l'*âge d'or* ou *fiecles héroïques*. Nous avons encore lu que c'étoit pour en conftater l'exiftence, & pour confoler le peuple des droits qu'il avoit perdus, quand le fiecle d'or fit place à l'âge d'airain, que les Romains inftituerent les Saturnales. Pendant trois jours, nous ne nous ferons pas fervir à notre tour par ceux que nous fervions toute l'année; mais notre intention eft de rétablir pour toujours les chofes fur leur ancien pied, fur l'état primitif; c'eft-à-dire, fur la plus parfaite & la plus légitime égalité. Ainfi donc, nos chers amis, nos freres, nos égaux, nos femblables, oublions le paffé. Pardonnez-nous notre baffeffe; nous vous pardonnons vos abus d'autorité! Mettons la terre en commun, entre tous fes habitans. Que s'il fe trouve parmi vous quelqu'un qui ait deux bouches & quatre bras, il eſt trop juſte, aſſignons-lui une double portion. Mais ſi nous ſommes tous faits ſur le même patron, partageons le gâteau égale-ment. Mais en même-tems, mettons tous la main à la pâte. Que chacun rentre dans ſa famille; qu'il y ſerve ſes parens; qu'il y commande à ſes enfans; & que tous les hommes d'un bout du monde à l'autre ſe donnent la main, ne forment plus qu'une chaîne compoſée d'anneaux tous ſemblables, & crions d'une voix unanime : vivent l'égalité & la liberté. Vivent la paix & l'innocence. ---

--- Si je n'ai pas été devin, j'ai au moins été pro-phete. Hélas ! depuis long-tems je ne ſerai plus rien, quand mes ſemblables redeviendront quelque choſe.

Tout ceci n'eſt qu'un *conte*, à l'époque où je le trace. Mais je le dis en vérité; il deviendra un jour une *hiſtoire*. Heureux ceux qui pourront re-confronter l'une à l'autre.

LEÇON XXXII.

LE JEU DU VOLANT.

En ce tems-là ; deux ſouverains en guerre, étant convenus d'une treve, ſortirent chacun de leurs camps, & fe donnerent réciproquement une fête, en préfence des deux armées. Après avoir perdu leur tems à divers amufemens plus puérils les uns que les autres, ils s'aviferent de jouer au volant ; auquel jeu ils fe montrerent très-experts. Le peuple d'applaudir le nombre des coups & l'adreffe des deux joueurs couronnés à fe renvoyer l'inftrument emplumé. Imbécilles ! (dit une voix aux fpectateurs), riez donc de votre image. C'eft ainfi qu'on vous balotte, jufqu'à ce qu'on ne puiffe plus fe fervir de vous, & qu'on vous ait mis en pieces. Car vous êtes le volant des rois. Leurs miniftres en font les raquettes plus ou moins élaftiques, & qui doivent fuivre l'impulfion de la main qui les guide. Quand la raquette a les mouvemens trop durs , on la change , on la troque ; mais le peuple ne s'en trouve pas mieux, & n'en eft pas moins le paffe-tems de fes chefs.

LEÇON XXXIII.

LE TYRAN TRIOMPHATEUR.

EN ce tems-là ; une nation nombreufe, policée, inftruite, mais pacifique , avoit pour roi un tyran. Celui-ci, enhardi par fes premiers fuccès , & regardant chacun de fes fujets comme autant de bêtes de fomme, fe dit un jour à lui-même : Ils ont porté tel, tel, & encore tel impôt, ils en pourront porter bien d'autres. Le defpote, en con-féquence, fait annoncer une contribution nouvelle, plus exorbitante que les précédentes. La nation cette fois ne put s'empêcher de murmurer, & même fit réfiftance. Le tyran, qui ne s'attendoit pas à un événement qui lui paroiffoit le comble de la har-dieffe & de l'infubordination, & qui d'ailleurs n'étoit pas d'humeur à ployer, entra dans une fu-reur mal-aifée à peindre. Politique adroit, il avoit raffemblé aux environs de fes palais, & dans les carrefours des principales villes de fon royaume, un grand nombre de foldats pour s'affurer indirec-tement, & fous le prétexte d'une difcipline mili-taire plus exacte, de l'obéiffance de fes fujets, en cas de befoin. Ses troupes lui étoient dévouées, parce qu'il avoit le plus grand foin d'elles; il les combloit de privileges, les habilloit fuperbement, les nourriffoit bien ; & le peuple payoit tout cela : femblable aux enfans qu'on oblige à faire les frais de leur propre châtiment.

Le defpote, dans fa rage aveugle, donne le fignal à fes corps de troupes de fe raffembler & de fondre fur la nation défarmée. (Les foldats n'ont plus de parens, du moment qu'ils font au roi). Le peuple confterné ne vit d'autre parti à prendre que la fuite. Il fe réfugia dans le fein des montagnes

dont le pays abondoit, s'y difperfa, s'y cantonna
par familles, & laiffa toutes les villes, tous les
bourgs, fans aucun habitant. Les foldats, tentés
par l'occafion, (ils ne pouvoient l'avoir plus belle),
méprifèrent les fuyards, pour piller à l'aife les tréfors qu'ils abandonnoient à leur merci ; en forte que
les palais du tyran merveilleufement bien fervi, ne
furent point affez vaftes pour contenir la dépouille
de fes fujets. Son cœur treffaillit de joie à cette
vue ; &, par reconnoiffance, il fit part du butin
à ceux qui le lui avoient fi fidélement apporté. La
premiere ivreffe paffée, il voulut jouir des honneurs
du triomphe dans les plus belles villes de fes États.
Mais il n'y trouva perfonne pour en être le témoin ;
tout le monde avoit difparu. Allez, dit-il à fes
foldats, allez leur dire que je leur pardonne ; ils
peuvent revenir habiter leurs maifons ; je fuis fatis-
fait d'eux. Ils m'ont abandonné leurs biens ; qu'ils
viennent en acquérir de nouveaux par de nouveaux
travaux. Je les protégerai à l'ombre de mon fceptre
paternel. Les foldats fans armes coururent fur les
traces de leurs compatriotes, & les exhortèrent à
quitter leurs montagnes, & à reprendre le chemin
de la ville & de leurs foyers. ---- Nous ne fortirons
d'ici qu'en morceaux, répondirent-ils ; divifés
par familles, fans autre maître que la nature, fans
autres rois que nos patriarches, nous renonçons
pour jamais au féjour des villes que nous avons bâ-
ties à grands frais, & dont chaque pierre eft mouillée

de nos larmes & teinte de notre sang. Les soldats émus, & qui d'ailleurs n'avoient plus de curée à espérer, furent convertis à la paix, à la liberté, résolurent de demeurer avec leurs freres, & renvoyerent leurs uniformes au tyran qui les attendoit. Celui-ci, abandonné de tous, affamé au milieu de ses tréfors, dans sa rage impuissante se déchira de ses propres dents, & mourut dans les tourmens du besoin.

LEÇON XXXIV.

L'ÉPITAPHE.

EN ce tems-là ; un sage lut un jour ces mots sur une pierre tombale :

Cy-gît, enfin, un tyran !

Et plus bas :

Le peuple,
Las de souffrir,
Versa le sang de ce mauvais roi
Pour en écrire son épitaphe.

Si de pareils honneurs funebres attendoient tous les tyrans, la race en seroit bientôt épuisée, dit le sage, en continuant sa route.

LEÇON XXXV.

LES HOCHETS.

UN roi de Siam, détrôné par un roi du Pégu, son voisin, travailloit des mains pour vivre, en simple particulier, dans la ville d'Ava. Il exécutoit toutes sortes de petits meubles & des ustensiles de ménage. Un Européen, qui savoit son histoire, ne se lassoit pas de le regarder taillant des hochets pour les petits enfans. Le roi de Siam détrôné le fit sortir de son extase stupide, en lui disant : Quand tu m'observeras plus long-tems, je n'ai pas changé de métier, en changeant de place. Le sceptre n'est-il pas aussi un hochet pour amuser le peuple.

LEÇON XXXVI.

LE LIT DE JUSTICE DU SINGE.

EN ce tems-là ; un singe de la grande espece, qui servoit d'amusement à un monarque, se glissa, avant le lever de son maître, dans le garde-meuble de la couronne, s'y revêtit du manteau de pourpre, s'empara de la main de juſtice & du ſceptre; &, ainſi accoûtré, ſe promena gravement dans le palais, pénétra juſqu'à la ſalle du conſeil, & prit ſa place ſur le trône où il avoit vu une fois ſiéger le prince. Du plus loin qu'on apperçut Sa Majeſté, on ſonne l'alarme. Grande rumeur! Nouvelle importante! Le roi tenir le lit de juſtice ſi matin, ſans aucuns préparatifs, ſans ordres préliminaires! Il fait à peine jour. On ne ſait que penſer. Le roi eſt au conſeil, ſe dit-on l'un à l'autre. On mande auſſitôt les miniſtres, les officiers, les magiſtrats. On s'aſſemble enfin en tumulte; le chancelier prend ſa place aux pieds du monarque, & déjà fléchit le genou en terre devant lui, pour recevoir ſes volontés. En réponſe, le ſinge couronné, d'un coup de patte enleve la chevelure poſtiche du chef de la magiſtrature, & s'en couvre la nuque. Cependant le roi véritable, qui ne dormoit jamais d'un profond ſommeil, ſe leve en ſurſaut; &, à peine vêtu, court vers l'endroit où il entendoit du bruit. Quel ſpectacle pour lui & pour toute ſa cour; le ſinge, à la vue de ſon maître, de s'enfuir, la queue entre les jambes. Mais le ſouverain, dans un état difficile à peindre, de le faire pourſuivre, avec ordre de le fouetter juſqu'au ſang. Pourquoi le châtier? dit quelqu'un qui diſparut auſſitôt, il rempliſſoit dignement votre place, Sire. Et un pareil vice-gérent vous épargneroit bien des corvées, & peut-être bien des fottifes.

Le manteau royal eft un vêtement qui rarement va bien à la taille de ceux qui le portent, parce qu'on n'a pas eu le foin de prendre leur mefure, auparavant de le mettre fur leurs épaules. Comme on coupe en plein drap, on lui donne fouvent tant d'ampleur, & il eft fi lourd, que ceux qui s'en habillent peuvent à peine marcher, s'y empêtrent les pieds, fuccombent fous le poids, & font les chûtes les plus graves ou les plus ridicules. Parfois auffi on lui fait contracter de mauvais plis difficiles à redreffer. Ceux qui fe couvrent de ce manteau en voient rarement la fin. Il paffe fur bien des épaules, avant d'être ufé ! Avec ce manteau, on peut bien fe paffer de toutes les autres pieces d'une garde-robe. Car il difpenfe de la pudeur. Il eft parfumé d'une effence qui porte au cerveau de tous ceux qui s'en approchent, & leur caufe le délire.

LEÇON XXXVII.

LE TISON ROI.

EN ce tems-là ; un peuple, depuis nombre d'années, fe voyoit gouverné par de mauvais rois.

efpece d'incendiaires, dont l'efprit turbulent portoit la flamme & le feu dans l'intérieur de l'empire & chez fes voifins. Le dernier de ces princes étant venu à mourir, le peuple s'affembla pour procéder à l'élection d'un fucceffeur. Un des notables élevant la voix, opina ainfi : Puifque jufqu'à préfent nous avons fi mal choifi, que ce tifon ardent foit couronné, & regne fur nous. Mais donnons-lui pour trône un feau plein d'eau.

LEÇON XXXVIII.
L'ÉCHANGE DES PRISONNIERS DE GUERRE.

EN ce tems-là ; deux rois puiffans étoient en guerre ; car ils étoient voifins. L'un d'eux fouffroit à fa cour le fou en titre d'office, dont fon prédéceffeur avoit créé la charge. Ce fou fut mis au nombre des prifonniers ; mais que fon maître en fut amplement dédommagé, en voyant arriver le roi, fon rival, chargé de chaînes ! Le vainqueur fit à fa guife les claufes du traité qui eut lieu ; & il montra beaucoup de modération. Car il offrit de rendre le roi, pourvu feulement qu'on lui rendît fon fou. Ces conditions de la paix firent hauffer les épaules aux politiques qui ne fe croyoient pas vus du roi. Mais celui-ci qui voyoit tout, fe contenta de leur dire :

Ma conduite qui vous paroît étrange , n'eſt que juſte. Pour ravoir mon fou, pouvois-je raiſonnablement donner autre choſe en échange , qu'un inſenſé ?

Le prince priſonnier, mis en liberté , eût mieux aimé donner la moitié de ſon royaume pour ſa rançon, (car rien ne coûte aux rois) plutôt que de ſubir une telle humiliation. Il mourut de dépit. Ses ſujets ſe réunirent aux ſujets de ſon rival heureux , qui dit alors à ſes courtiſans : Eh bien ! hauſſerezvous encore les épaules ? Ma politique voit plus loin que la vôtre ; avouez-le.

LEÇON XXXIX.

LES FLECHES ET LES MOUTONS.

EN ce tems-là ; un prince avoit pour voiſin de ſes États un peuple diſperſé ſur une grande étendue de pays. Il leur propoſa de ſe raſſembler dans des villes , en leur offrant, pour leçon, l'exemple d'un faiſceau de fleches qu'on ne peut rompre , tant qu'elles ſont réunies. Votre force , leur fit-il dire par ſes envoyés, naîtra de votre union.

Un Ancien parmi ce peuple demi-ſauvage, fut chargé de répondre ; & voilà comme il s'y prit :

Nous convenons que rien ne peut brifer des javelots en paquet ; & qu'un enfant en viendroit à bout , en les prenant féparément ; mais , convenez, à votre tour , qu'il n'eft pas auffi facile de faire ce qu'on veut d'un peuple difperfé, que d'une nation qu'on a fous la main. Nous faifons ce que nous voulons du troupeau que nous renfermons dans l'enceinte d'une bergerie ; mais nous n'en pourrions pas dire autant des moutons errans dans la plaine ou fur la montagne.

LEÇON XL.

LES ASTÔMES.

EN ce tems-là ; une nation avoit pour roi un tyran, & pour voifins tributaires & vaffaux, une peuplade d'hommes fans bouche, & ne fe nourriffant que d'air. On leur envoya le tyran , pour régner fur eux. Ils l'accepterent , mais en même-tems ils lui firent endre par fignes qu'un peuple qui n'avoit jamais faim , n'étoit pas aifé à être tyrannifé ; & qu'un fouverain qui avoit plus befoin de fes fujets , que fes fujets de lui , ne pouvoit fans rifque vouloir tyrannifer. Quand tu feras tenté d'abufer de ton pouvoir , lui dirent-ils dans leur langage , tu n'entendras pas de mur-

mures qui ne feroient pour toi qu'un vain bruit, à l'importunité duquel ton oreille s'accoutumeroit bientôt. Mais nous te ferons jeûner ; & nous verrons fi tu t'habitueras auffi facilement à la faim qu'au pouvoir arbitraire.

Il feroit à fouhaiter que cette race d'hommes (1) fans bouche exiftât encore : on y enverroit en retraite les mauvais rois ; & les jeunes princes pourroient y faire leur noviciat.

LEÇON XLI.

LA MARMOTTE-ROI.

EN ce tems-là ; un roi dormoit toujours fur fon trône, & rendoit la juftice à fes fujets en dormant; fes rêves alors devenoient des arrêts. Quelqu'un, qui n'étoit pas courtifan, ofa lui dire un jour, en le voyant paffer : Prince, pour dormir un lit eft plus commode qu'un trône. Vous vous donnerez une courbature. Croyez-nous ; allez vous coucher. Nous vous ferons remplacer par une marmotte.

---

(1) Pline & Plutarque parlent d'un *peuple fans bouche*, qu'ils nomment *Aftômes.*

LEÇON XLII.

LE SAGE FOU.

EN ce tems-là ; un fage avóit tenté plufieurs fois ; mais toujours en vain, d'introduire la vérité à la cour Le fou du roi vint à tomber malade, fans efpoir. Le fage s'avifa de le contrefaire ; & le contrefit fi bien, qu'il lui fuccéda dans fa charge. Mais la vérité ne gagna pas beaucoup à ce déguifement. Dans la bouche de la fageffe, elle offenfoit le monarque ; dans celle de la folie, elle ne fit que l'amufer, & ne l'amenda point. Alors le fage quitta le fervice, & fortit du palais, en difant : Je vois bien que les rois font incorrigibles.

LEÇON XLIII.

L'AGE D'OR.

EN ce tems-là ; un roi, qu'on appelloit autrement dans le fond de fes provinces, demanda un jour à table :

Mais, qu'eſt-ce que cet âge d'or, ce ſiecle d'or, dont j'ai quelque fois entendu parler.

Un de ſes écuyers-tranchans lui répondit :

Prince, c'eſt un conte de fées inventé ſans doute à plaiſir par quelque poëte mécontent de la cour.

Mais encore....

Puiſque Sa Majeſté inſiſte.... On dit qu'il fut un tems où il n'y avoit ſur la terre ni maîtres, ni valets, ni ſouverains, ni ſujets ; chacun ſe ſervoit ſoi-même.

Quoi ! il n'y avoit pas de rois !... Comment les hommes pouvoient-ils s'en paſſer ?

Le conte de fées dit qu'ils n'en étoient que plus heureux, & n'en vivoient que plus long-tems.

Cela n'eſt pas poſſible. Comment faiſoient-ils donc ?

Chaque famille vivoit raſſemblée ſous le bâton paſtoral d'un patriarche.

Tout cela eſt bien un conte de fées.... Cependant, ajouta le roi, qu'on défende aux poëtes modernes de le verſifier de nouveau, & aux nourrices d'en bercer leurs enfans.

LEÇON

LEÇON XLIII.

LE DICTIONNAIRE.

EN ce tems-là ; un defpote oriental, un foir, attaqué d'infomnie , fe faifoit lire par un de fes efclaves favoris quelques articles d'un gros dictionnaire. Le lecteur appelloit les noms ; & le prince afiatique , felon leur bizarrerie ou fon caprice, s'en faifoit lire un morceau , ou les paffoit. Au mot *infurrection* , il dit à fon efclave : Que fignifie ce mot ? L'efclave , qui avoit foin de parcourir des yeux chaque article, avant de le réciter, dit à fon maître : Seigneur , je n'oferai jamais.... --- Qui t'arrête ? --- Seigneur,..... Au refte , cet article concerne un peuple ancien , célebre par fes fables. ---- Encore. ----- Seigneur , vous pardonnerez à votre efclave.... *Infurrection* , droit de foulevement accordé au peuple de Crete contre fes fouverains , quand ils fe conduifoient mal dans leur place. Dans quelle claffe , reprit Sa Majefté écoutante , a-t-on rangé cet article ? --- Dans l'hiftoire ancienne. --- On s'eft trompé ; c'eft à la mythologie ancienne qu'il falloit le placer..... Paffons à un autre article,

D

LEÇON XLIV.

LES VOITURES DE LA COUR.

EN ce tems-là ; le sage Rhamakc se promenoit vis-à-vis de la maison publique qui servoit de dépôt aux voitures de la cour. On crut qu'il vouloit grossir le nombre des courtisans, & on lui offrit une place pour partir. Il refusa. —- Que faites-vous donc ici ? —- Je m'amuse, répondit-il, à comparer le visage de ceux qui vont à la cour, avec le visage de ceux qui en reviennent. L'empressement des uns, les soucis rongeurs des autres, me frappent & me font faire des réflexions, qui m'ôtent toute envie d'aller voir ce pays d'où on ne revient pas comme on y va.

LEÇON XLV.

LA BALANCE.

EN ce tems-là ; j'entrai dans l'attelier d'un mé- chanicien : fais - moi vîte, lui dis-je, un char qui

me tranfporte en deux minutes à la cour. Je ne fau-
rois, me dit l'artifte, imaginer un char qui puiffe
te tranfporter en deux minutes à la cour. Mais je
poffede une machine fort peu compliquée, qui
t'apprendra à être heureux, fans fortir de chez toi.
— Où eft-il cet inftrument qui doit me rendre
heureux, fans fortir de chez moi ? --- Le voici.

C'étoit une balance faite avec beaucoup de juf-
teffe. J'y pefai les biens & les maux de la vie. Elle
refta dans un équilibre affez parfait. Elle m'apprit
que tout eft compenfé dans la vie. Une fage infou-
ciance fut le réfultat de mon expérience ; & je ne
me fouciai plus de fortir de chez moi pour aller en
deux minutes à la cour.

LEÇON XLVI.

LE BANDEAU A LA COUR.

EN ce tems-là ; traverfons, me dit mon
compagnon de voyage, traverfons ce palais, la
demeure du fouverain. Nous abrégerons de beaucoup notre route.

Je le veux bien. Mais avant d'y entrer, attache-
moi ce bandeau fur les yeux.

Pourquoi te bander la vue ?

Afin qu'en fortant de cette demeure royale, on ne me puniffe pas d'avoir vu des chofes qui ont befoin du myftere & du fecret. Tel courti-fan n'auroit jamais été difgracié, s'il eût fait l'aveugle à propos. Témoin, Ovide.

LEÇON XLVII.

L'HYPERBOLE.

EN ce tems-là ; un vieux courtifan difoit, non loin du monarque & affez haut pour en être entendu : oui !

Oui ! quand toutes les eaux du ciel & de l'o-céan fe teindroient en noir, il n'y auroit pas encore affez d'encre pour décrire les vertus de fa majefté.

Un jeune courtifan, voifin du flatteur, lui dit tout bas : Ne rougis-tu point, à ton âge, de te permettre des hyperboles de cette force ? Et ne vois-tu pas qu'elles manquent leur effet.

Je connois, répondit tout bas le vieillard flat-teur, la mefure de l'amour-propre & la portée de l'efprit du prince. Vas ! les princes ont fu gré de difcours encore plus extravagans.

LEÇON XLVIII.

LA CHAISE - PERCÉE.

UN roi avoit coutume de donner ses audiences dans sa garde-robe. On devroit prendre au mot de tels rois ; & ne faire pas plus de cas des oracles qu'ils rendent sur le trône, que du bruit qu'ils laissent échapper sur leur chaise-percée.

LEÇON XLIX.

LE VOILE.

EN ce tems-là ; couverte de son voile, une femme se présenta à la cour. Le roi, qui étoit très-jeune, à travers la gaze, crut appercevoir beaucoup de charmes, & fit le plus gracieux accueil à celle qui portoit le voile de gaze.

La même femme, quelque tems après, s'offrit une seconde fois aux yeux du prince ; cette fois sans voile. S'appercevant que le jeune monarque la regardoit à peine, elle lui dit :

Prince! ce qui m'arrive eſt auſſi votre hiſtoire.
Un roi qui n'a pas beaucoup d'expérience, eſt
comme une femme qui n'a pas beaucoup de
beauté ; & le premier miniſtre d'un tel roi eſt
comme le voile de cette femme. Un voile de
gaze cache plus ou moins les défauts du viſage
qu'il couvre, ou en fait ſortir plus ou moins
les charmes. C'eſt à celle qui le porte, c'eſt à
la main qui le place, à le faire avec avantage.
Un miniſtre fait valoir ſon prince, ou le cache
tout-à-fait.

LEÇON L.

LES DEUX CÔTÉS DE LA MÉDAILLE.

Un jeune étranger viſitoit ma patrie, & s'ex-
taſioit à chaque pas qu'il y faiſoit. Le beau pays!
Heureux ceux qui y ſont nés, & qui pourront y
mourir! Heureux ſur-tout les habitans des grandes
villes. Tous les jours, ce ſont des fêtes, des
divertiſſemens nouveaux. On n'a que l'embarras
du choix. Des ſpectacles brillans y font paſſer
des heures entieres comme des minutes. Veut-on
des occupations plus graves, plus eſſentielles?
Des académies de tous les genres vous ouvrent

leurs portes. Ici, on polit la langue; là, on exerce la raison. Plus loin, on vole la nature dans ses secrets les plus cachés. Les riches & les grands n'ont pas de palais assez vastes pour contenir tous les chef-d'œuvres des artistes. Heureuse nation! Que tu as bien raison d'être idolâtre de tes maîtres! Tu leur dois toutes tes jouissances; & ils te laissent à peine appercevoir la différence des tems de guerre ou de paix.

J'entendis cet éloge avec un sang - froid qui piqua la curiosité du jeune étranger; il m'accusa d'ingratitude, & de ne point sentir tout mon bonheur. Je lui répondis : Jeune étranger, je pourrois te faire un portrait de ma patrie, tout différent & tout aussi fidele. Tu n'as vu que le côté d'or de la médaille, le reste est de fer. Nous achetons cher les belles choses qui t'extasient. Nous avons des spectacles en tout tems; mais nous n'avons pas toujours du pain : nous avons des académies savantes; mais nous n'avons pas encore des tribunaux intégres : on nous fait chanter de jolis airs; mais nous n'avons pas encore de bonnes loix : le prince donne des fêtes, & c'est tout le peuple qui les paye. Nous sommes des esclaves couronnés de fleurs; mais il y a long-tems qu'on nous a enlevé le bonnet de la liberté.

LEÇON LI.

LE COURTISAN MARCHE - PIED.

EN ces tems-là ; un roi impatient n'avoit pour le moment ni écuyer, ni valets, ni efclaves qui puffent l'aider à monter fur fon char. Un courtifan qui s'en apperçut, fe précipita auffitôt au-devant de lui, & de fon corps courbé jufqu'à terre lui fit un marche-pied (1) commode, dont le prince ufa fans façon.

On reprocha à l'homme de cour une complaifance qui tenoit de la baffeffe. Il répondit : Un roi impatient qui, pour monter plus vîte dans fon char, met le pied fur le dos de fon courtifan, donne à ce courtifan le droit de marcher fur le ventre de fes fujets.

(1) Au rapport d'Hérodote, il y avoit en Syrie un certain ordre de femmes nommées *Clima-Cides*, dont la profeffion journaliere étoit de marcher fur leurs pieds, fur leurs mains à-la-fois, & dans cette pofture, de fervir d'efcabeau aux dames pour les aider à monter dans leur char, liv. v.

LEÇON LII.

LA GALETTE.

AVANT qu'il y eût des rois, fur le déclin du gouvernement patriarchal, dans une contrée dont je ne dirai pas le nom, il étoit d'ufage, à un certain jour de l'année, que chaque famille réunie dans la maifon paternelle, fe mettoit à table & divifoit une galette, en autant de morceaux qu'il y avoit de parens au banquet. Un étranger fans famille vint à paffer dans ce canton, & inftruit de cette fête coutumiere, parvint par fes beaux difcours à réunir toutes les familles en une feule affemblée : Mes amis, leur dit-il, dans trois jours vous rompez la galette d'ufage, chacun dans le fein de vos foyers. Faites mieux cette année ; puifque vous êtes tous des hommes, tous égaux ; amaffez en monceaux toute la farine qui fervoit à compofer vos galettes, & n'en pétriffez qu'une de toutes, que vous mangerez tous en commun, comme il convient à des freres. Si vous le voulez même, comme c'eft moi qui vous ai ouvert cet avis, vous me chargerez de cette befogne & du foin de la diftribution par égales parties. Les bonnes gens qui formoient l'affemblée, ne fe méfiant de rien, répondirent: A la bonne heure. Tenez-là prête pour dans trois jours, & vous nous la partagerez également. Le troifieme jour arrivé, on s'affemble. Notre avanturier placé au haut bout de la table, commence par couper la grande galette en autant de morceaux qu'il y a de chefs de famille. Puis, il leur dit : Mes enfans, vous êtes convenu de me laiffer faire les fonctions de pere de famille ; par conféquent de prendre à moi feul toute la peine que chaque pere de famille auroit prife dans la maifon. Or, comme il eft jufte que toute peine ait fon falaire, & que le falaire foit proportionné à fa peine, vous trouverez bon que je commence par me fervir, & par m'adjuger la part de chaque chef de famille ; le refte fera pour vous, & le harangueur tout de fuite de porter à fa bouche un morceau qu'il dévora: il n'avoit pas mangé depuis trois jours. Il fe préparoit à entamer une feconde part, lorfque fon voifin lui dit, en retenant fon bras : Un moment, mon ami ; comme vous n'avez qu'une bouche, vous ne pouvez confommer la nourriture de cent autres bouches. Tenez-vous-en à votre premier morceau, puifqu'il eft mangé, & fouffrez que nous mangions les autres ou retournez d'où vous venez.

L'avanturier fut obligé de retourner d'où il

venoit. Et depuis ce tems les bonnes gens, qu'il vouloit féduire, ne fouffrirent plus d'étranger parmi eux & firent leur part eux-mêmes.

LEÇON LIII.

LE CONTRAT SOCIAL.

En ce tems-là ; plufieurs familles habitoient un morceau de terre ifolé. Chacune renfermée dans fon domaine, fe gouvernoit elle-même fous l'œil du plus ancien des peres. Un étranger échoua un jour fur les côtes de cette ifle. Après l'avoir parcourue, il parvint, à force d'inftance, à raffembler les chefs de famille, & leur tint ce difcours :

Mes amis, vous & vos enfans, vous paroiffez vivre heureux. Mais il y a un terme à tout. A la premiere diffenfion qu'un rien peut faire naître, vos familles armées les unes contre les autres , peuvent chercher à s'entre - détruire ; fur - tout n'ayant aucun tribunal où chacune d'elles puiffe porter fa caufe. Ce premier différend fera fuivi de plufieurs autres. Pour prévenir les maux que je prévois, il me femble, fauf meilleur avis, que vous devriez élire une efpece

de fouverain qui vous dictera des loix , à l'om=
bre defquelles vous pourrez dormir en paix.
Mais pour que ce fouverain ne foit pas juge dans
fa propre caufe, il faudroit en trouver un qui
vous foit étranger par le fang, & par les
intérêts.

Un vieillard interrompit le harangueur, en ces
termes :

N'en dites pas davantage , nous devinons le
refte. Écoutez-nous à notre tour. Nous avons vécu
jufqu'à préfent heureux. Ce que nous avons fait ,
nous pouvons le faire encore. Nous fommes affez
hommes pour nous gouverner nous-mêmes. Cependant, nous voulons bien en effayer ; & comme vous
êtes ici le feul étranger, c'eft vous probablement
que vous avez en vue pour être notre fouverain.
Nous y confentons ; mais à une condition, c'eft
que devant être refponfable des loix que vous nous
propofez, vous devez l'être auffi de tous les maux
qui nous arriveront, & auxquels vos loix n'auront
point remédié. En conféquence, vous payerez de
votre tête le premier meurtre arrivé fous votre
regne.... Y confentez-vous ?....

Le harangueur court encore , & l'ifle continue
à être heureufe.

LEÇON LIV.

LES HOMMES POISSONS.

UN soir, en rentrant dans la ville , je m'arrêtai aux barrieres & m'y endormis. C'est alors que j'eus la vision dont je vais rapporter les principales circonstances. Je me crus assis sur le bord d'un grand vivier. Il étoit revêtu de marbre. Des poissons de tout âge & de toute grandeur alloient çà & là en grand nombre, au milieu d'une eau bourbeuse. Une douzaine de pêcheurs, qui paroissoient les propriétaires en commun de ce vivier, se disputoient leur proie qui ne pouvoit cependant leur échapper. Ils étoient si acharnés au butin , qu'ils aimoient mieux massacrer les poissons, que de se les céder l'un à l'autre. Les pauvres captifs assez indifférens sur leur propre fort , mais poussés par la nécessité , alloient se présenter en foule n'importe auquel hameçon. En regardant au fond , autant que je le pus distinguer à travers l'onde fangeuse , il me sembla en voir quelques-uns qui aimoient mieux périr de besoin , que de servir à rassasier les pêcheurs avides qui les attendoient vainement. Je voulus intercéder pour les poissons

auprès des pêcheurs. Du moins, leur dis-je, que
votre intérêt vous touche ! Si vous êtes jaloux de
vous procurer une pêche abondante & faine,
ayez foin d'aggrandir & de nettoyer le vivier.
Pour mon falaire, on me propofa de m'envoyer
au milieu des poiffons pour les confoler. Je me
réveillai à la morale : mais bientôt je me rendor-
mis : & voici le refte de ma vifion.

Non loin du vivier étoit un grand lac, au
travers duquel couloit un grand fleuve, lequel fe
rendoit à la mer. Un géant paffa par-là. Mon
récit le toucha fur le fort des poiffons. Il fut in-
digné de la cruauté & de l'incapacité des pêcheurs
qui voulurent prendre la fuite à fon afpeƈt. Sa
voix de tonnerre les retint. Il leur commanda de
travailler fous fes ordres. Ils obéirent, dirigés &
aidés par lui. Bientôt il s'établit à travers les terres
une communication du vivier avec l'étang. Alors
l'eau où les poiffons nageoient avec peine, fut
renouvellée. Alors les poiffons eux-mêmes furent
libres. Ils multiplierent comme les grains de fables
du lac, & parvinrent dans peu au degré de per-
feƈtion dont leur efpece étoit fufceptible.

Témoin de cette révolution, je me promis bien
d'en faire le récit aux habitans de la Ville, aux
portes de laquelle j'eus cette vifion.

Ma tâche eft remplie : *qui habet aures, audiat.*

LEÇON LV.

L'ÉCOLIER ET LA CLOCHE.

EN ce tems-là, l'on difoit : un roi reffemble à un écolier qui appartient à des parens fort riches, lefquels payent pour lui une forte penfion. La loi reffemble à la cloche qu'on fonne à différentes heures du jour, pour appeller les habitans du gymnafe, chacun à fon devoir. Le fon de la cloche eft de rigueur, il faut qu'il fe leve auffitôt qu'il l'entend, & qu'il fe rende, à la minute, à fes divers exercices. Mais l'écolier riche, réveillé quelquefois en furfaut par le bruit importun de la cloche, fe rendort prefqu'auffitôt, & ne fort du lit que long-tems après fes camarades d'étude. On ferme les yeux fur cette conduite; & on lui laiffe contracter impunément, par égard pour fon bien, les défauts de pareffe, de négligence, d'inexactitude & beaucoup d'autres qu'on châtie févérement dans le refte des individus de la même maifon. Il arrive de là qu'avec le tems il devient le plus pietre de tous les fujets du gymnafe : & voilà l'éducation qu'on donne aux enfans des rois.

LEÇON LVI.

COMPARAISON N'EST PAS RAISON.

SI jamais cette phrafe proverbiale a eu fon application, c'eft au parallele qu'on établit affez ordinairement entre un roi & un pere. Tout au plus feroit-il fupportable entre le fondateur d'un peuple & le chef d'une famille. Mais un fouverain par droit d'héritage ou d'élection, peut-il être comparé à un pere ? Le foible le plus ordinaire des peres eft de trop aimer leurs enfans, & de fe laiffer aveugler par l'amour paternel. En bonne confcience, beaucoup de rois ont-ils mérité ce reproche envers leurs fujets ? La tendreffe aveugle des peres envers leurs enfans eft fondée, dit-on, fur ce que le bienfaiteur eft plus attaché à fon obligé, que l'obligé au bienfaiteur ; & encore, fur ce qu'on aime fon ouvrage. Or quel eft l'obligé du roi ou de fon peuple ? A qui le roi doit-il la couronne ? Et puis, le peuple eft-il l'ouvrage de fon roi ? Le peuple eft-il redevable de fon exiftence à fon roi ? Le peuple n'exiftoit-il pas avant fon roi ? D'ailleurs, un roi n'eft-il pas la créature de fon peuple ? Un monarque tient tout de fes fujets, & ils n'ont rien à hériter à fa mort. Qu'on ceffe donc d'abufer des mots, & d'une comparaifon fans raifon & même dénuée de toute vraifemblance. Ce parallele eft d'autant plus nuifible qu'il fait prendre le change, & qu'il a fervi à affoiblir le regret qu'on devroit conferver du gouvernement paternel. C'eft avec cette comparaifon qu'on a fait confentir les hommes à quitter les mœurs patriarchales. Les fouverains & les magiftrats ont pris d'abord le nom de pere, pour gagner la confiance de ceux au-deffus defquels l'ambition feule les plaçoit.

Cependant, fi les rois ne peuvent aimer leurs fujets comme leurs enfans, du moins ils fe croyent le droit de les traiter en enfans; ils les amufent tant qu'ils peuvent pour en faire ce qu'ils veulent; ils ne daignent leur rendre compte de rien; ils les corrigent & les fouettent fouvent jufqu'au fang, & de plus leur font payer les verges.

LEÇON LVII.

LE LEST DU NAVIRE.

ON a comparé le gouvernement à un vaiffeau. On a dit que le prince devoit en être regardé

E

comme le pilote ; & on a fait du fceptre un gouvernail, ou le timon de l'État.

On ne s'eft pas encore avifé, que je fache, de compléter cette comparaifon politique, en ajoutant que le peuple eft le left du navire. En effet, ainfi que le left, il occupe la partie la plus baffe de l'État. Comme le left, il eft compofé de matieres viles & peu choifies. Tout eft bon pour faire du left, pourvu qu'il foit lourd & cependant facile à être remué. Le peuple a toutes les qualités requifes ; il ne paroît pas. Il eft caché ; & cependant c'eft lui qui par fon propre poids donne au vaiffeau la vraie pofition qu'il doit avoir. Le pilote le plus expérimenté auroit beau manœuvrer avec tout l'art poffible, il ne peut faire un pas certain, fans une fuffifante quantité de left. Je pourrois pouffer plus loin encore le parallele ; mais qu'il me fuffife d'avoir montré que le peuple eft le left du navire politique. Quand donc les hommes cefferont-ils d'être peuple ; quand donc voudront-ils jouer un rôle plus noble ?

LEÇON LVIII.

LE COLOSSE A LA BASE D'OR.

DES philofophes ont comparé le defpotifme à un coloffe effrayant de loin, mais foutenu fur une bafe d'argille.

Les tyrans modernes ont été frappés de crainte à la vue de cette comparaifon, qui leur a paru pleine de juſteſſe. En conféquence, ils fe font dit : Profitons de l'avis, & donnons au coloffe une bafe d'or, le métal le plus compact & le plus imperméable. Le defpotifme ne fera pas fi-tôt renverſé.

Cette politique nouvelle a parfaitement réuffi; & les nations modernes, éblouies par l'éclat de la bafe du coloffe, & frappées de fa folidité, fe font laiffées enchaîner plus étroitement encore aux anneaux d'or de cette bafe.

Et en effet, depuis que le gouvernement eſt financier, tout va de bien en mieux pour quelques uns, & de mal en pis pour tous les autres.

LEÇON LIX.

LES SARMATES ET LES ROIS.

LES Sarmates, peuple feroce & belliqueux, tiroient du fang de leurs chevaux, & s'en abreuvoient : les fouverains ne different des Scythes qu'en ce qu'ils n'attendent pas la néceffité & un tems de guerre, pour fe repaître de la fubftance du peuple foumis à leur frein.

LEÇON LX.

LE MARCHÉ D'ESCLAVES.

LA fociété eft comme un vafte marché d'efclaves ou d'hommes, qui fe vendent & s'achetent tout-à-tour. Les petits fe vendent aux grands, les pauvres aux riches ; les grands & les riches aux plus grands & aux plus riches. Les courtifans fe vendent aux rois ; les gens crédules fe vendent aux prêtres, & ceux-ci aux tyrans. Les femmes fur-tout fe vendent aux hommes, & quelquefois ceux-ci à celles-là. Le fage feul s'appartient & n'entre pour rien dans ce trafic honteux. Auffi eft-il mal vu de tous ceux dont il a pitié.

LEÇON LXI.

LE FLÉAU DES BATTEURS EN GRANGE.

LE fceptre, entre les mains des rois, eft comme le fléau dans celles du batteur en grange ; & le peuple reffemble à la gerbe de bled qu'on bat pour féparer l'épi de la paille. Il y a cependant cette différence entre les rois & les batteurs en grange, que ceux-ci battent rarement en grange pour leur compte, au lieu que tout le profit eft pour les premiers ; quoique le trône & le tréfor du fifc n'appartiennent pas plus aux rois, que la grange & le bon grain aux batteurs.

LEÇON LXII.

LES GENTILSHOMMES VERRIERS.

LES hommes reſſemblent à des uſtenſiles de verres fragiles, prêts à ſe caſſer au moindre choc. Une poignée de gentilshommes verriers en font trafic avec plus d'avidité que de prudence; & pour avoir leurs marchandiſes ſous la main, ils entaſſent ſans précaution ces verreries les unes près des autres dans d'étroits magaſins. Eſt-il étonnant qu'il s'en faſſe tant de dégâts en pure perte? Trop ſouvent auſſi, ces gentilshommes ſe prennent de diſpute, & ſe jettent les verres à la tête.....

LEÇON LXIII.

LES VIVANDIERS SUR LE TRÔNE.

ON pourroit comparer la ſociété à une armée qui campe. Les villes ſont les camps. Le peuple, c'eſt le ſoldat. Les rois en ſont les *vivandiers*, dans tous les ſens qu'on attache à ce mot.

LEÇON LXIV.

LES PÉCHEURS D'HOMMES.

Pour prendre de certains poiſſons , il faut troubler l'eau dans laquelle ils nagent : pour captiver le peuple , il faut l'environner d'une atmoſphere de ténebres. Les rois ſont des pêcheurs bien au fait du métier.

LEÇON LXV.

LA CHASSE A LA GRAND'BÉTE.

Les rois ſont des chaſſeurs déterminés. Le peuple eſt leur gibier. Les miniſtres ſont les gardes-chaſſes. Les villes ſont les remiſes où l'on rabat le gibier. Le peuple trop ſouvent reſſemble au cerf aux abois qui , relancé par les chiens , & ne pouvant plus fuir , tâche par ſes larmes d'attendrir le chaſſeur inhumain , & d'éviter la curée dont on le menace. Mais quelquefois auſſi , le

peuple pourroit reſſembler au ſanglier qui , atteint
du coup mortel , revient ſur le trait qui l'a bleſſé ,
& mêle à ſon ſang le ſang de ſon meurtrier. Rois !
prenez-y garde. *La chaſſe à la grand'bête* n'eſt pas
ſans danger pour vous. Croyez-en le ſage , renon-
cez à ce paſſe-tems cruel & ſouvent funeſte. Ap-
privoiſez plutôt le peuple. Faites-vous-en un ami.
Il vous rendra plus de ſervice en le conſervant ,
qu'il ne vous procurera de plaiſir, en le faiſant
déchirer par vos limiers.

LEÇON LXVI.

LA STATUE DE PLOMB.

EN ce tems-là ; un jeune monarque viſitoit
l'attelier d'un artiſte. Il fut fort ſurpris de voir
une ſtatue de plomb ſur un piedeſtal d'or , &
la fit remarquer au ſtatuaire , qui lui répondit :
Prince ! c'eſt le ſimulacre du nouveau miniſtre.
Le jeune monarque ne répliqua rien ; mais il ſortit ,
& le ſoir même , à ſon coucher , il réforma l'in-
digne choix qu'on lui avoit fait faire le matin à
ſon lever.

LEÇON LXVII.

LE PALAIS DES ROIS.

EN ce tems-là ; un roi s'énorgueillissoit de la magnificence de son palais. Quelqu'un qui n'étoit pas courtisan, lui dit :

Prince, je connois un animal rampant qui doit son logement à un architecte encore plus habile que le vôtre.... Le limaçon, & je pourrois ajouter la tortue.

LEÇON LXVIII.

L'ARCHITECTE PHILOSOPHE.

UN roi faisoit bâtir un palais, & son architecte lui en montroit le plan. Le prince fut effrayé de l'immense grandeur qu'on lui donnoit. --- Il y auroit de quoi loger tous mes sujets. Votre palais, lui répliqua l'architecte, ne sera jamais assez grand pour contenir tous vos flatteurs.

LEÇON LXIX.

LA CARRIERE DE MARBRE.

EN ce tems-là; un philofophe, dans fes voyages, rencontra un jour fur fa route des monceaux de marbres bruts, pofés circulairement fur les bords d'un large trou qui fervoit d'entrée à un vafte fouterrein. Il s'approcha de l'une de ces ouvertures, & apperçut, dans l'enfoncement ténébreux, des hommes occupés à détacher des blocs.

Les malheureux ! dit le fage en s'en allant. Ils s'occupent d'un palais de marbre, pour loger leur fouverain ; & peut-être n'ont-ils pas un toît de chaume pour s'abriter. Heureux encore, fi la carriere qu'ils creufent, pour embellir la demeure de leur roi, ne devient pas un jour une prifon pour eux. En effet, plufieurs palais de rois, de princes & de prélats ont fini par devenir des prifons : telles que la tour de Londres & Bridewell en Angleterre ; Vincennes à Paris, &c. &c. &c.

LEÇON LXX.

LE PERROQUET ROI.

Dans le cours de mes voyages, je vifitai une ifle peu connue, quoiqu'affez grande & bien peuplée. Mon premier foin fut de m'enquérir de la forme du gouvernement. Un des habitans me dit : Nous avons un perroquet (1) pour fouverain. Je priai mon infulaire de me parler férieufement. Je ne raille pas, me dit le vieillard. Jadis nous avions pour roi un de nos femblables, comme à l'ordinaire. Mais entr'autres abus, nous nous fommes apperçu, à nos dépens, que la plupart de nos rois, pour s'épargner la peine d'étudier l'art de régner, n'étoient tout bonnement que les échos de leurs mignons & de leurs maîtreffes. Ils ne faifoient que répéter fur le trône ce qu'on leur avoit fait apprendre fur leur fopha. Autant valoit n'avoir qu'un perroquet. L'entretien de ce nouveau monarque eft bien moins difpendieux. Il ne lui faut qu'une perruche & un maître de langue.

(1) *Ex Afiica parte Ptoembari , Ptoemphanæ qui canem pro rege habent , motu ejus imperia augurantes.* Plini.s. hift. nat. liv. VI. 30.

Cette révolution, continua le vieillard, eut lieu dans ma jeunesse. La proposition qu'on en fit aux états-généraux de l'isle passa tout d'une voix, & depuis lors, nous nous en sommes bien trouvés.

LEÇON LXXI.

LE FOU ROI.

EN ce tems-là; il étoit un fou qui se croyoit roi. En conséquence, il parcouroit les carrefours de la capitale où il étoit né dans les derniers rangs de la société, & revêtu du costume du souverain. Il rendoit la justice à son gré & de sa pleine autorité. Sa folie paroissant peu dangereuse, on eut pitié de lui, & on lui laissa la liberté. Il s'en servit pour mettre de la réforme par-tout où il passoit. Canaille empesée! disoit-il quelquefois aux magistrats, vous allez au palais de la justice en bonne voiture, tandis que vos cliens, ruinés par vous, marchent à pied, & ont à peine un bâton blanc pour les ramener dans leur pauvre chaumine. --- Fourbes! disoit-il aux prêtres; vous annoncez au peuple des dieux auxquels vous ne croyez pas vousmêmes, & l'on haussoit les épaules en passant. Quelques-uns sourioient; le roi régnant n'ayant pas encore ordonné fur fon fort. Ce roi vint à mourir ; il laiffoit un héritier préfomptif, qui n'annonçoit rien moins qu'un bon prince. Les états s'affemblerent. Un homme du peuple fe leva, & vint à bout de fe faire écouter. --- Le fucceffeur du roi défunt ne s'eft point rendu digne du trône au pied duquel il eft né. Pour éviter toute jaloufie, élifons ce fou qui nous dit journellement dans nos carrefours tant de vérités en riant. Effayons-en. Nous ferons toujours à même de revenir fur notre choix. --- La bizarrerie de la propofition la fit accepter. Le fou fut élu roi ; & jamais prince fage ne rendit fon peuple plus heureux : heureux du moins, autant que les hommes peuvent l'être fous un roi.

LEÇON LXXII.

L'UN DES INCONVÉNIENS DE LA ROYAUTÉ.

EN ces tems-là ; deux marchands voyageoient pour leur commerce. Ils aborderent dans un pays où le trône étoit vacant. Pour éviter les fuites funeftes d'une concurrence, le peuple raffemblé convint de s'en rapporter au hafard, & de prendre

pour roi le premier étranger qui toucheroit le ri-
vage. L'un de ces marchands fut donc élu à son
grand étonnement. Il nourrissoit depuis quelque
tems un ressentiment secret contre son associé &
compagnon de voyage. Le premier acte d'autorité
qu'il exerça en montant sur le trône, fut de faire
mettre en prison celui à qui il en vouloit, & de le
condamner presqu'aussitôt à la mort. Comme il
étoit tard, on sursit à l'exécution de la sentence
jusqu'au lendemain matin. La nuit conseille le jour.
Le nouveau roi eut le tems de donner audience à
ses remords. Il étoit né bon, & la vengeance de la
veille n'étoit qu'une surprise de ses sens. L'aube du
lendemain vint à peine blanchir le faîte de son
palais, qu'il fit assembler le peuple pour lui tenir
ce discours : Reprenez votre sceptre ; j'abdique le
trône ; je renonce à une dignité qui me donne le
droit & le pouvoir de faire le mal. Simple particulier, une heureuse impuissance m'avoit empêché
de me venger. Mais avant de redescendre à mon
ancien état, j'ordonne qu'on délivre mon prison-
nier d'hier. --- Ce qui fut exécuté : & les deux
associés poursuivirent leur route dans la plus douce
intimité.

LEÇON LXXIII.

LE NOUVEAU ROI.

EN ce tems-là ; après son élection, un souverain fut assailli par la foule de ses amis qui venoient lui demander des graces & solliciter sa libéralité.

Mes amis, leur répondit le prince en les reconduisant, en montant sur le trône, je suis devenu plus pauvre que vous. Je ne m'appartiens même plus. Chacun de vous en particulier ne me demanderoit qu'une goutte de mon sang, je la lui refuserois. Je suis tout à tous, & rien à personne. Je me suis dépouillé entiérement ; & même des vertus que je chérissois le plus, je n'ai gardé que la justice : c'est la seule qu'il me soit permis d'exercer.

LEÇON LXXIV.

LE BON SENS DU PERE DE FAMILLE.

EN ce tems-là ; un roi offrit un jour le gouvernement d'une province à un pere de famille. Celui-ci en remercia le prince qui fut très-étonné du refus, & qui voulut en favoir la raifon.

Je n'ai pas plus de tems, ni de capacité qu'il ne m'en faut pour gouverner ma petite famille; comment pourrois-je régir une province entiere?

Mais moi, répliqua le prince, je fuis pere de famille auffi ; & cependant on m'a confié le foin de toute une nation.

Prince, reprit avec franchife le pere de famille, je ne fais comment vous pouvez fuffire à tout cela. Je vous admire ; mais jamais je ne prendrai fur moi de vous imiter ?

LEÇON LXXV.

LES HABITS.

EN ce tems-là; on m'amena un jour un marchand d'habits : choifis , me dit-on, le coftume qui fera le plus de ton goût; veux-tu de cette lévite de lin? --- Non ! on me prendroit pour un hypocrite. --- Veux-tu de cet uniforme militaire ? --- Non! puifque tous les hommes font mes freres.---Prends donc cette toge ? ---Non! les enfans des plaideurs me la déchireroient. --- Et cet habit tout d'or ? --- Non! le peuple me confondroit avec ces fang-fues privilégiées , qui s'enrichiffent, en appauvrif-

fant

font leurs côpatriotes , & dont le fuperflu coûte le néceffaire des autres. — Tu ne refuferas pas fans doute ce manteau de pourpre ? Commande. — Non ! je fais trop ce qu'il en coûte pour obéir... Ce manteau de laine me conviendra bien mieux. — Quoi ! tu voudrois être philofophe ? — Pourquoi pas ?

LEÇON LXXVII.

DAMALDER.

PRINCES ! approvifonnez vos États, ou craignez le fort de *Damalder.* C'étoit un roi de Suede, au troifieme fiecle de l'ere vulgaire, que fes fujets, victimes d'une longue famine, s'aviferent d'immoler à leurs dieux, pour en obtenir un terme à leurs maux. Ce facrifice ne fit point venir des vivres plutôt, mais dut produire un grand bien dans la fuite, en rendant les fouverains plus prévoyans. Quand donc les peuples feront-ils, par efprit de juftice, ce qu'ils fe font permis quelquefois de faire par efprit de fuperftition ? Si les rois payoient leurs négligences de leur tête, fi on les forçoit à fe dévouer au falut de la nation qu'ils ont mis en danger, il ne feroit pas fi facile de bien régner ; mais du moins les hommes en feroient fans doute mieux gouvernés.

LEÇON LXXVIII.

L'OURS, LE SINGE ET LE SOT.

LA place d'un ours est dans les bois d'un misanthrope ;

La place d'un singe est dans la chaise de poste d'un courtisan ;

La place d'un sot est à la cour d'un despote qui craint les gens d'esprit.

LEÇON LXXIX.

LEÇON BABYLONIENNE.

DANS l'Orient, on fêtoit tous les ans une espece de saturnale qu'on appelloit *Lacée*, d'origine Babylonienne. Elle consistoit à faire jouir un criminel de tous les honneurs, privileges & plaisirs affectés à la royauté, dont il portoit les ornemens. Les cinq jours de cette fête écoulés, le héros dépouillé, étoit battu de verges & suspendu.

On a traité cette cérémonie de dérision cruelle

de la loi envers le coupable ; (M. *Paftoret* , *Zo-roaftre*, *Confucius & Mahomet*, *pag.* 44. *in-8°*.)

N'étoit-ce pas plutôt une leçon indirecte , mais énergique, donnée au fouverain dans les États duquel cette faturnale avoit lieu ? Ne pourroit-on pas préfumer qu'elle fut imaginée comme pour faire en effigie le procès d'un defpote qu'on n'ofoit juger directement, en réalité.

Quoi qu'il en foit, cet ufage mériteroit peut-être d'être renouvellé, en lui ôtant ce qu'il a d'inhumain, & fur-tout d'obtenir des rois qu'ils daignent honorer de leur préfence cette efpece de pénodie politique.

LEÇON LXXX.

LE GRAULICH DE LA VILLE DE METZ.

UN roi eft femblable au *graulich* (mot allemand, qui fignifie *béte monftrueufe*).

Le *graulich* eft une image d'ofier, revêtu de carton peint, repréfentant une efpece de dragon. De fa gueule fort un dard, à la pointe duquel chaque boulanger eft obligé de fournir un petit pain. Un marguillier de village porte cette figure à la tête de la proceffion des rogations, & eft tout fier de fa charge; le peuple danfe autour, crie de joie.

Cet ufage de la ville de Metz eft fondé fur une tradition. Jadis, on n'en fait plus l'époque, il exiftoit fur le territoire de Metz une bête fauve, qui ravageoit tout. St. Clément, un des évêques de la capitale du pays Meffin, eut la hardieffe & la confiance de jetter fon étole fur le col de la bête qui refta auffitôt immobile, & fe laiffa maffacrer.

Comme on voit, à la derniere circonftance près, le *graulich* donne une idée affez jufte d'un roi. Le marguillier de village qui le porte, les boulangers qui le nourriffent, figurent le peuple des villes & de la campagne, fans le fecours defquels un monarque ne pourroit fe foutenir. La populace, qui danfe autour du monftre, repréfente affez naïvement les fujets d'une monarchie, qui fe réjouiffent d'avoir à leur tête un pfanteme affamé, qui dévore leur pain quotidien, mais qui en impofe, & qui leur donne une forte d'importance, du moins à leurs propres yeux.

Le clergé jadis a eu fur les rois qu'il mufeloit, le même pouvoir que le bon évêque de Metz fur le *graulich.*

Cette caricature provinciale eft abolie depuis quelques années; mais la puiffance politique, dont elle peut fervir d'emblême, eft encore dans toute fa force.

J'oubliois de dire que le *graulich* dévoroit, tous

les ans, une certaine quantité de pucelles dont on étoit obligé de lui fournir un tribut : autre sujet de comparaison, autre trait de ressemblance entre la bête vorace & la personne d'un roi.

On dit aussi qu'à Metz, jadis on adoroit des chats...... Il n'y a pas long-tems encore que la coutume de jetter des chats au feu de la St. Jean a été abolie dans cette ville.

Princes ! que cet usage provincial vous rende circonspects ! Ménagez le peuple. Vous le voyez ; il brûle aujourd'hui ce qu'il encensoit hier.

LEÇON LXXXI.

LES FOURMILLIERES.

EN ce tems-là ; les grands faisoient rassembler dans leurs parcs, & nourrissoient des fourmillieres, pour engraisser leurs faisans. En ces tems-là , les petits témoins de ce manege, n'en dormoient pas moins tranquilles ; mais ils ne se réveilloient pas de même ; & c'est alors qu'ils se rappelloient , mais trop tard, les fourmillieres rassemblées & entretenues pour les grands, les faisans engraissés par ces fourmillieres, & les grands engraissés par les faisans.

F iij

Il eſt dans quelques provinces de France uné maniere d'engraiſſer la volaille , qui pourroit trouver ſon application. Elle eſt telle :

On lie les pattes, & on coupe les ailes des oiſeaux ; puis on leur enfonce une épingle dans le crane , & on les place , dans cet état de ſtupidité & de langueur, au coin du foyer. On leur prodigue la nourriture la plus abondante & la plus ſubſtantielle. Au bout de quelques jours , ces malheureux volatiles deviennent gras , & promettent à leurs bourreaux le mets le plus délicieux.

Le peuple ne ſeroit-il , aux yeux de ſes chefs, que ce qu'eſt la volaille pour les marchands avides, qui vivent de leur embonpoint ?

Peuples ! on cherche auſſi à vous abrutir plus encore que vous n'êtes ; ſeroit-ce dans la même intention ? Prenez-y garde. On vous donne des fêtes ; on a l'air de vous choyer ; mais c'eſt pour s'engraiſſer de votre ſubſtance. On vous ſacrifiera à l'appétit d'une poignée de bourreaux.

LEÇON LXXXII.

LE LOGEMENT DU SAGE.

EN ce tems-là ; un ſage choiſit le lieu de ſa demeure préciſément vis-à-vis le ſuperbe palais d'un homme riche. Pourquoi cette préférence, lui dit on ? Vous êtes donc bien sûr de vous, pour ne pas craindre de vous laiffer tenter, ayant continuellement fous les yeux le fpectacle féducteur de l'opulence. Au contraire, répondit le fage ; les valets infideles, les maîtreffes mercénaires, les faux amis que je vois tous les jours hanter ce palais, me dégoûtent de plus en plus de la condition du maître qui l'habite.

LEÇON LXXXIII.

LE PLAT DU SAGE.

EN ces tems-là ; un fage familiarifé avec le fpectacle de la mifere & des malheureux, fut admis à la table du riche. Après le repas, on lui demanda : eh bien ! que vous femble de tous les mets qu'on vous a étalés ?-- On en a oublié un qui m'auroit chatouillé plus agréablement le palais.-- Et lequel ? -- Le gland..... Le gland qui m'eût rappellé ce tems heureux où tous les hommes mangeoient au même plat, & chacun felon fes befoins. Alors, on ne mangeoit, dit-on, que du gland ; mais du moins tout le monde en mangeoit ; les uns ne s'alloient point coucher fans fouper, tandis que leurs femblables ne pouvoient dormir, pour avoir trop foupé.

F iv

LEÇON LXXXIV.

LA COURTISANNE REGNANTE.

JE me promenois dans les carrefours de la capitale d'un grand empire. Un bruit sourd se fait entendre, comme un tonnerre éloigné. J'apperçois un char traîné par six coursiers, rivaux de l'éclair. Plusieurs citoyens graves, de se détourner avec indignation. J'étois jeune ; je restai pour voir passer ce char d'or. Une femme en occupoit seule le fond. Qu'elle étoit belle, cette femme ! Son sein, pour éblouir, n'avoit pas besoin d'une riviere de diamans de Golconde, qui le couvroit. A ses oreilles pendoient deux perles, le prix de deux provinces. Mais ses yeux éclipsoient tout cela. Sa bouche sourioit, comme celle de l'enfant ingénu, caressé par sa mere. La douceur caractérisoit tous ses traits. Qu'elle étoit belle, cette femme ! Je demande son nom à un vieillard qui n'avoit pas eu le tems de fuir ce cortege : jeune homme, c'est la premiere des courtisannes du royaume. L'embonpoint de cette belle femme dévore, à lui seul, la substance de vingt millions d'hommes. Les hommes, en se donnant un chef, ont cru s'affranchir de plusieurs tyrans. Il n'en est rien. Quand le chef devient l'efclave d'une femme, le peuple a autant de maîtres que cette femme a de caprices ; & une femme, belle & maîtreffe d'un roi, n'a pas pour un caprice. Le vice, fous le mafque de la beauté, eft bien puiffant. Pourquoi, m'écriai-je, en quittant le vieillard, pourquoi la vertu ne fe rend-t-elle pas auffi aimable que le vice ; pourquoi ne cherche-t-elle pas autant que lui à plaire aux hommes ? Elle en obtiendroit certainement la préférence. -- Le vieillard me rappella pour me dire : Jeune homme ! ne blafphême pas la vertu ; le vice n'a que les armes de la féduction & l'empire du moment. Il ne feroit pas de la dignité de la vertu de s'abaiffer à ces petits moyens, à ces vils maneges.

LEÇON LXXXV.

TABLEAU DE PARIS.

EN ce tems-là ; un foir d'automne, un vieillard penfeur fe trouvoit affis fur le penchant d'une colline qui dominoit la capitale d'un grand empire. La nuit vint. Le calme, dont il étoit environné, lui permit de prêter l'oreille au bruit confus qui s'élevoit du fein de la ville voifine , femblable au murmure fourd des eaux de la mer.

Que font-ils, au milieu de ces amas de pierres , s'écria alors le bon vieillard, que font-ils les enfans des hommes ? Sous ce dôme , des prêtres fans pudeur pfalmodient le nom d'un Dieu , dont ils ne démentent que trop la providence par leur conduite. Plus loin , un troupeau de femmes cloîtrées , femblables à un bercail où s'eft gliffé le loup raviffeur , chantent des hymnes pieufes , fans les comprendre , tandis que leur imagination , fouillée par leurs extâfes , rêve un bonheur dont elles regrettent l'indifcret facrifice. Plus loin , enfermé dans fon cabinet folitaire, un publicain , d'un trait de plume , affame toute une province dont il a acheté la dépouille au prix de fon honneur. Sa femme, loin de lui , parée pour le crime , va provoquer la vieilleffe lafcive d'un homme d'État. Chacune de fon côté , fes filles marchent fur les pas de leur mere. Quel eft ce cri perçant ? C'eft celui d'un vieillard pauvre , & n'ayant d'appui que fon bâton. Son fils , qui le méconnoît, frédonne dans un char rapide, traîné par des courfiers fougueux ; & dans un carrefour le char du fils, qui frédonne une arriette , paffe fur le corps de fon pere renverfé. A l'écart , entre quatre murailles nues, une famille entiere s'exhorte à la mort , puifque des voifins riches & fans pitié lui refufent le premier foutien de la vie. Dans cette falle , des marchands s'accufent tour-à-tour d'infidélité dans leur commerce, & tous ont raison. Mais le plus pauvre payera les dépens. Ces soupirs étouffés qui percent avec peine les noirs cachots de cette prison d'État, m'annoncent les martyrs de la véracité. Ils ont fait retomber sur eux les chaînes du pouvoir arbitraire qu'ils avoient voulu secouer & rompre, en faveur de leur compatriotes. Quelle foible lueur brille à l'extrêmité de la ville? C'est la lampe d'un sage. Il veille aux portes du crime. Il s'est approché de la demeure du vice, pour le démasquer & pour le peindre. Semblable à l'abeille laborieuse, il a fait son butin, pendant le jour, en parcourant toutes les classes de la société; il se retire la nuit pour rédiger ses observations, & pour composer des remedes aux plaies honteuses dont il voit ses semblables couverts.

LEÇON LXXXVI.

LES CHATEAUX DE CARTES ET LES CHATEAUX EN ESPAGNE.

EN ce tems-là; un vieillard complaisant faisoit des châteaux de cartes, pour amuser des enfans. Un courtisan, qui le vit, haussa les épaules. --- A la bonne heure, dit le vieillard ; mais on risque moins à bâtir des châteaux de cartes pour des enfans , que des châteaux en Espagne pour son propre compte.

LEÇON LXXXVII.

JUSTIFICATION DES MAUVAIS ROIS.

ON parloit mal d'un roi , en présence d'un vieillard. On reprochoit au prince d'aimer les femmes , la table & le jeu ; de s'absenter du conseil pour une partie de chasse ; de ne répondre à aucun placet ; d'accorder sa confiance à celui qui savoit le mieux flatter. Il est honteux pour un monarque , disoit-on, de se livrer à de tels excès , indignes d'un homme du peuple.

Mais , répliqua le bon vieillard , est-ce qu'on cesse d'être homme , en devenant roi ? Un roi peut-il vivre sans boire , sans manger ? N'a-t-il pas cinq sens à satisfaire , comme le dernier de ses sujets ? Pourquoi donc reprocher à un roi d'être homme ? Il seroit plus juste de reprocher à un homme d'être roi.

LEÇON LXXXVIII.

PARALLELE D'UN ROI ET D'UN PERE DE FAMILLE.

J'AI vu le roi du pays où je fuis né. Je l'ai vu dans toute fa gloire, au milieu de fes courtifans, dont il paroît le Dieu. Chaque mot qu'il prononce eft un oracle. Chaque gefte qu'il fait eft un ordre. Devant lui on fléchit le genouil, & la tête refte découverte. On n'ouvre la bouche que quand il daigne le permettre. Ce qu'il aime, on l'aime. On hait ce qu'il hait. Malheur à qui diroit *paix*, quand il a dit *guerre*. On le fuit jufques-là où tout autre homme va feul; & celui à qui il accorde le privilege de lui rendre les foins les plus vils a des rivaux jaloux, qui ne lui pardonnent pas cette faveur du prince.

J'ai vu un pere de famille au milieu de fes enfans. Je l'ai vu, ne donnant point d'ordres, mais mieux obéi que s'il difoit : *Nous voulons*. Objet des foins les plus tendres, une douce familiarité regne autour de lui. Le moindre nuage qui couvre fon front, alarme tous ceux qui vivent fous fes yeux. Les confeils, les leçons, qui fortent de fa bouche, vont fe graver dans tous les cœurs. Dort-il ? c'eft comme s'il veilloit. Le refpect qu'on lui porte, ne dégénere point en formule ironique. Eft-il malade ? on ne penfe point à lui fuccéder. Meurt-il ? on ne lui fait point d'oraifon funebre ; mais on pleure.

J'aimerois bien mieux être pere de famille que roi.

LEÇON LXXXIX.

ÉCHANTILLON DU JEU DES CONTRE-VÉRITÉS.

EN ce tems-là ; du tems que le peuple n'élifoit plus les rois, & n'opinoit plus que par forme dans les affemblées de la république, tout alloit bien. Les mœurs privées étoient le garant de la félicité publique. On vivoit en paix avec fes voifins & avec foi-même. Le commerce en dehors n'étoit qu'un échange de bienfaits. Le luxe en dedans nourriffoit les arts, & devenoit un lien de plus entre les riches & les pauvres. En ces tems-là ; s'il y avoit des pauvres qui fouffroient fans murmurer, il y avoit auffi des riches qui donnoient fans qu'on leur demandât. En ces tems-là ; quoique chaque porte eût fa ferrure, la bonne foi étoit fi grande, que les

maifons reftoient ouvertes , même la nuit, & dans
l'abfence du maître. En ce tems ; s'il y avoit beaucoup de célibataires , il y avoit auffi beaucoup de
ménages heureux. En ce tems-là ; on parloit beaucoup de la liberté , fans doute que ce mot n'étoit
pas feulement fur les levres. En ce tems ; tous les
hommes étoient freres ; car ils aimoient à vivre
enfemble , entaffés les uns fur les autres , dans
l'étroite enceinte des murailles de leurs cités. Dans
ce tems , il falloit que tout le monde fût heureux,
car tout le monde étoit jaloux d'en avoir l'air.

Hélas ! dans ce tems-là auffi , on aimoit beaucoup
à s'amufer au *jeu des contre-vérités* ; & cette page en
pourroit bien être un échantillon.

LEÇON X C.

LE PLAISIR ET LE BONHEUR.

UN jour, de grand matin, je me dis : Ayons
aujourd'hui du plaifir , à la maniere des gens du
monde. Effayons d'être heureux , à l'inftar des
heureux du fiecle. Je fortis , & j'allai au lever de
plufieurs femmes qui paffoient pour les plus agréables. Leurs minauderies & leur jargon m'amuferent
pendant la premiere minute. A la feconde minute

je baillai, & courus ailleurs chercher du plaisir. Je me promenai aux jardins publics. Au bout de la premiere allée, je me surpris baillant, & je me dis: Ce n'est pas encore là du plaisir. Allons nous asseoir à la table d'un riche ou d'un grand. J'attendis au dessert. Le vin m'échauffa la tête; mais mon cœur resta froid, & je m'endormis. On me réveilla pour me donner une place à ces beaux spectacles où l'art, dit-on, surpasse la nature, en l'imitant. Avant que la toile fût baissée, je baillai. Une orgie nocturne m'attendoit au sortir d'un bal galant..... Est-ce là le plaisir, me demandai-je, en regagnant mon asyle solitaire, où veilloit ma compagne. Cela se peut; mais, à coup sûr, (du moins pour moi), le bonheur n'est qu'ici.

LEÇON XCI.

L'INCRÉDULE CONVERTI.

LES livres de plusieurs philosophes m'avoient rendu incrédule, au point de nier toute divinité, & une vie à venir. Mais, en méditant sur l'état actuel de la société, je retournai bien vîte à la croyance de mes ancêtres & de ma nourrice. En voyant le quart des hommes servi par les trois

autres

autres quarts , j'eus befoin , pour ne pas me laiffer
aller à l'indignation & au défefpoir , j'eus befoin
de croire qu'apparemment un Dieu avoit décidé, de
fa certaine fcience & pleine puiffance , qu'il y auroit
un monde où les trois quarts du genre humain fer-
viroient l'autre quart; & que , par la fuite, il y auroit
un autre monde où le grand nombre de ceux qui
    voient , feroit fervi , à fon tour , par le petit
nombre. Si j'ai mal conjecturé , fi ce n'eft pas là
tout-à-fait le plan de conduite de la divinité, je
ne fais plus où j'en fuis. Le chaos qui , dit-on , pré-
céda la création, n'étoit rien , fans doute, en comparaifon de celui qui regne fur la furface de ce
monde créé : & l'enfer , dont on me menaçoit
après ma mort, ne peut pas être pire que la vie
qu'on mene dans une fociété dont les individus
font tous libres & égaux , & où cependant les trois
quarts font efclaves , & le refte eft maître.

LEÇON XCII.

L'ÉPÉE ET LA LOI.

EN ce tems-là ; l'épée & la loi fe difputoient
entr'elles fur le droit de préférence. La loi préten-
doit que les hommes , avec elle, n'avoient pas

besoin de l'épée; l'épée soutenoit qu'elle donnoit à la loi toute sa force.

Témoin de cet *alter-cas*, un sage leur dit : Calmez-vous. Tant que les hommes feront des enfans imbécilles ou furieux, ils auront un égal besoin des services de l'un & de l'autre. Votre empire n'est pas prêt de finir. Cependant, à quoi serviriez-vous, si les hommes étoient plus éclairés, ou seulement s'ils vouloient s'entendre ? Vous n'êtes sortis que de leur foiblesse ; & j'aime à croire qu'un jour, (je n'en verrai pas l'aurore), tous mes semblables rougiront de s'être servis de vous.

LEÇON XCIII.

DIALOGUE ENTRE LE SCEPTRE ET LA HOULETTE.

LA HOULETTE.

TU es devenu bien orgueilleux , depuis que tu es d'or. Jadis nous ne faisions qu'un. As-tu oublié que nous étions du même bois ?

LE SCEPTRE.

Tu parles de loin. Mais , depuis que j'ai profité des circonstances , tant que les hommes voudront bien courber la tête fous mon poids, je continuerai à pefer fur eux. Vas! un peuple eft plus aifé à conduire qu'un troupeau. Les hommes font encore plus debonnaires que les moutons.

LA HOULETTE.

Mais, à la longue, le joug peut fembler lourd. Si on venoit à le fecouer ; fi on venoit à brifer le fceptre, & à ne permettre aux rois que l'ufage de la houlette ! ....

LE SCEPTRE.

Je ne crains pas plus cela, que de voir le fceptre paffer entre les mains des bergers.

LA HOULETTE.

Prends-y garde. Il ne faut qu'un inftant d'humeur. Les Dieux ont déjà vu leurs ftatues d'argent, métamorphofées en vaiffelles plattes. Un jour pourra venir, où l'on fera du fceptre un hochet, une marotte dont le peuple s'amufera.

LE SSEPTRE.

Le peuple eft un enfant trop vieux & trop grand.

LA HOULETTE.

Vah ! le tems me vengera de tes dédains.

LEÇON XCIV.

EN ce tems-là ; un berger fe pavanoit en marchant à la tête de fon troupeau. Il fe difoit, chemin faifant : Les moutons font nés pour les bergers ; rien de plus certain! Il eft clair que la laine qu'ils portent , fardeau incommode pour eux pendant l'été , eft pour habiller le berger en hiver. Le lait des chevres eft moins pour élever leurs petits , que pour défaltérer le berger. Ils paiffent , fans doute , pour être fervis plus gras fur la table des bergers.

Ce propos du berger, entendu par fes moutons, mît le comble à leurs mécontentemens , & les porta à la derniere extrêmité. Ils tinrent confeil. Avons-nous donc befoin d'un berger pour paître , ou pour faire des petits. ? Comment vivions-nous avant de fortir des bois; nous étions moins foignés mais plus vigoureux qu'aujourd'hui.

Pendant le fommeil du berger & des chiens, les moutons convinrent de prendre la fuite ; & de gagner la forêt voifine , pour y vivre , comme ils vivoient dans l'âge d'or. Ce qu'ils firent.

LEÇON XCV.

LA COURONNE D'OR ET LE CHAPEAU DE PAILLE.

En ce tems - là ; un roi n'avoit en ce moment-là que fa couronne d'or pour garantir fa tête des rayons brûlans du foleil d'août, à midi. Un pauvre berger n'avoit pas d'affez grands yeux pour contempler cette couronne d'or. Le roi lui dit : eh bien ! changeons enfemble. Donne-moi ton chapeau de paille pour ma couronne d'or. Le berger n'héfita pas. Mais, peu de tems après, fe fentant brûlé par le foleil, il dit au prince : je défais le marché , j'aime encore mieux mon chapeau de paille , qui me met à l'abri, que votre couronne d'or qui brûle au foleil , mais qui ne garantit pas de fes rayons brûlans.

LEÇON XCVI.

LE SOLEIL ET LA MONTRE.

EN ce tems-là ; quelle heure eſt-il (demanda un jour à un vieux berger un jeune roi égaré dans la campagne)? Prince ! il eſt midi au ſoleil. — Pour toi , (reprit le jeune prince) mais pour moi, l'aiguille de ma montre n'eſt qu'à la onzieme heure ; iroit-elle mal ? Non ! (s'écria quelqu'un de la ſuite du monarque). Certainement, c'eſt le ſoleil qui ſe trompe.

Le berger, homme de ſens, s'éloigna en hauſ-ſant les épaules, & diſant tout bas : vous avez beau dire & beau faire, tous tant que vous êtes à la cour ; le tems ne va pas plus ou moins vîte pour les rois que pour les paſteurs. Chacun à ſon horloge ; mais il n'y a qu'un ſoleil pour tous.

LEÇON XCVII.

LE TOMBEAU DES ROIS.

UN paſteur Nomade rencontra un jour dans ſes courſes de belles ruines d'un édifice antique,

retraite des oifeaux de paffage. Il en vifita l'intérieur, trouva beaucoup plus de place qu'il n'en
falloit pour s'y loger commodément lui & fon
troupeau. Il réfolut d'y établir fa demeure ; il
étoit d'âge à fe fixer. Il appliqua à fon ufage tout
ce qui fe rencontra fous fa main. Maître de ces
lieux abandonnés depuis plufieurs fiecles, il dif-
pofa de tout à fon gré, certain de n'être point
troublé dans fa propriété.

Un favant, envoyé à grand frais par le prince
régnant, pour faire une recherche exacte & une
defcription détaillée de tous les monumens anti-
ques qui fe trouveroient dans fes États, n'oublia pas dans fon voyage Pittorefque les ruines
qui fervoient d'afyle au vieux pafteur Nomade. Il
entre, & après avoir porté autour de lui un œil
obfervateur, il dit au berger : ami, fais-tu bien
que ce qui te fert aujourd'hui de maifon, étoit
jadis un tombeau.

Le Pasteur.

A la bonne heure ; dans ce cas, ce vieux bâ-
timent reprendra bientôt fon ancienne deftination.

L'Antiquaire.

C'étoit le maufolée d'une famille fouveraine.

Le Pasteur.

Vous ne flattez pas peu ma vanité, en m'ap-
prenant qu'un jour, moi pauvre berger, parta-

gerai la fépulture des rois. Mais , je l'avouerai , je ne fuis pas preffé de jouir de cet honneur.

L'ANTIQUAIRE.

Sais-tu bien que ce vafe , que tu as converti en ruche, étoit une urne qui contenoit la cendre d'un grand monarque.

LE PASTEUR.

Ah ! ah ! & les ordonnances de ce grand monarque étoient elles auffi douces que le miel de mes abeilles ? J'en doute.

L'ANTIQUAIRE.

C'étoit un tyran.

LE PASTEUR.

Tout ceci a donc été fait pour un tyran.

L'ANTIQUAIRE.

Oui.

LE PASTEUR.

C'étoit bien la peine,

L'ANTIQUAIRE.

Qu'as-tu fait de la cendre ?

LE PASTEUR.

Tu en vois quelque part dans mon foyer ; elle fert à couvrir mon feu ; & le refte à ma leffive.

L'ANTIQUAIRE.

Tu n'as rien trouvé de plus.

LE PASTEUR.

Je n'ai pas beaucoup cherché. Regardez vous-même.

L'ANTIQUAIRE.

Comment ? Le caveau funéraire de la reine est aujourd'hui une étable à vache.

LE PASTEUR.

Pourquoi pas ?

L'ANTIQUAIRE.

Mais je ne me trompe pas. Quoi ! le buste d'un empereur sert de contrepoids à la porte d'un berger.

LE PASTEUR.

J'ai profité du crampon de fer que j'y ai remarqué ; desorte que depuis que je me suis avisé de le suspendre derriere ma porte, ma cabane ne craint plus le vent du nord.

L'ANTIQUAIRE..

Un chef-d'œuvre, dégradé à ce point.

LE PASTEUR.

Cet empereur dont tu admires ici la tête, n'a

peut-être pas fait autant de bien feulement au monde, que fon bufte m'eft utile en ce moment.

L'A N T I Q U A I R E.

J'ai ordre du prince de l'emporter.

L E P A S T E U R.

Emporte, mais je veux un dédommagement.

L'A N T I Q U A I R E.

Quelqu'il foit, il te fera accordé.

L E P A S T E U R.

Eh bien ! pour ma récompenfe, promets-moi de dire au prince que tu as vu la cendre d'un grand roi fervant à la leffive d'un berger, fon urne cinéraire converti en ruche à miel, & fon bufte de marbe fufpendu derriere la porte d'une chaumiere. Tu diras auffi à la reine que le caveau de fon aïeule n'eft plus aujourd'hui qu'une étable. Tu diras tout cela.

L'A N T I Q U I A R E.

Oui, oui !

L E P A S T E U R.

Tu n'oubliras rien.

L'A N T I Q U A I R E.

Non ! non !..... Voilà un berger qui feroit mauvais courtifan.

LEÇON XCVIII.

LE ROI-BERGER.

CONTE PASTORAL,

PAR LE BERGER SYLVAIN.

PENDANT les fêtes confacrées aux déguifemens, un bon roi, jeune encore, fe fit berger.
Un chapeau de paille fur la tête, une houlette à
la main, le vifage couvert d'un mafque, il fortit
précipitamment de fon palais, débarraffé de toute
fa fuite, & ne gardant pour l'accompagner, qu'un
de fes plus fideles fujets, devenu fon intime ami.
Dans cet équipage, il prit le chemin des champs
& alla fe fixer dans le fond de l'une de fes provinces les plus agréables. Il fe mêla auffitôt parmi
les pafteurs du lieu. Une bergerie venoit de perdre
fon poffeffeur ; il en fit l'acquifition, pour fe livrer
tout entier aux douces occupations & aux plaifirs
purs des bergers. Il fembloit qu'il fût né pour cette
condition paifible. Son nouvel état lui plût tant,
qu'il oublia bientôt les honneurs de la royauté,
& ne s'apperçut point que les fêtes confacrées aux
déguifemens étoient paffées.

Cependant l'inquiétude regnoit à la cour du prince. On vit même des courtifans pleurer. On chercha le roi partout où il n'étoit pas. Il n'y eut que ceux qui l'approchoient de plus près & qui foupçonnoient fes goûts, qui s'aviferent de parcourir les provinces & de fe difperfer dans les campagnes. Ils le trouverent enfin à la tête d'un toupeau, careffant fon chien & chantant un air gai.

Prince! que faites - vous!...... Reprenez votre fceptre & remontez fur le trône. Vos fujets vous attendent; & la princeffe que le dernier traité de paix vous deftine pour compagne, arrive. Venez!..

Mes amis! c'en eft fait! vous venez un peu trop tard. La houlette me femble moins lourde que le fceptre. Mon chapeau de fleurs pefe moins fur ma tête, qu'une couronne. Et je fuis plus à mon aife fur ce fiege de gazon, que fur un trône d'or. Mes fujets ne peuvent jamais m'être plus fideles que mes moutons, & que le gardien de mon troupeau. Et je doute que la princeffe que le dernier traité de paix me deftinoit, me plaife davantage que la paftourelle que mon cœur vient de fe choifir. Quand on a été roi & berger, & quand on a le choix entre l'un ou l'autre, on refte berger.

LEÇON XCIX.

LA REINE-BERGERE.

CONTE PASTORAL.

ZERBIN.

JE l'aurai fait attendre. Doublons le pas. Mais qu'apperçois-je , près de la fontaine.... Ce n'eſt pas elle. Qu'elle eſt cette femme ſi richement parée? J'aimerois bien mieux y voir ma Zerbine , avec ſon chapeau de paille couronné de fleurs. Elle devroit y être, cependant. Approchons.

ZERBINE.

C'eſt lui. Comme il va ouvrir de grands yeux: Je ſuis ſûre qu'il ne me reconnoîtra pas.

ZERBIN.

Je n'oſerai jamais. . . . . C'eſt ſans doute la fille d'un roi.

ZERBINE.

Ne lui parlons pas d'abord. Mais faiſons lui des ſignes.

ZERBIN.

Eſt-ce bien à moi que ce geſte s'adreſſe ?....
Suis-je bien ſeul ici ?.... Avançons.... Qu'ai-je
donc à craindre ? Grande princeſſe, pardonnez...
Mais je ne me trompe pas. C'eſt toi , ma Zerbine.
Quoi ! . . . .

ZERBINE.

Eh oui ! c'eſt moi ; c'eſt ta Zerbine. Ta ſur-
priſe & ton impatience ſont extrêmes. Écoute !....
Comme tu vois , je ſuis arrivée la premiere au
rendez-vous.... Ce que n'auroit pas dû permettre
mon cher Zérbin.

ZERBIN.

Je n'ai pas eu le courage de quitter mon pere
que je ne l'aie vu endormi.

ZERBIRE.

C'eſt bien !... Que je te raconte mon avanture !
Je t'attendois ici avec une proviſion de fruits &
de laitage comme nous étions convenus. Pour
abréger le tems de ton abſence, j'eſſayois la chan-
ſon ſi tendre que tu me donnas à ma fête , &
dont je ne ſais pas encore bien l'air. J'en étois à
peine au refrein qui me plaît tant ;

> Si Zerbin étoit roi,
> Zerbine ſeroit reine.

quand je vis accourir une femme grande comme moi, mais d'une beauté fiere & impofante.

ZERBIN.

Elle n'avoit pas tes graces, j'en fuis bien cer-tain, fans l'avoir vue.

ZERBINE.

Ne m'interromps donc pas. Elle s'avance vers moi précipitamment.... Je me recule par refpeét & auffi par crainte. Elle étoit éblouiffante, mais elle avoit l'air égarée. Jeune bergere, me dit-elle, bannis toute frayeur & conferve-moi la vie. Tu vois une reine, précipitée du haut de fon trône chaffée de fes Etats & pourfuivie par des ennemis acharnés. Le foleil eft déjà fur fon déclin, & de-puis fon lever, je n'ai pas encore pris de nourri-ture. Je lui dis : fi du lait, des fruits & un gâteau étoient dignes de vous.... Donne, donne toujours. Et je la vis dévorer ce que nous devions manger enfemble. Ce n'eft pas tout, reprit-elle, changeons d'habits, à l'inftant. Les momens me font chers. Et en même-tems je la vis jetter fur le gazon ce fceptre d'or & cette couronne de diamans, que tu vois, & auffi ce beau manteau d'écarlate qui me pefe tant fur les épaules. Je l'aidai à endoffer mon vêtement de lin qui fût un peu étroit pour elle.

ZERBIN.

Je le crois. Eft-il deux femmes au monde qui aient la taille fvelte de Zerbine.

ZERBINE.

Laiffe-moi achever. Elle s'empara de mon chapeau avec fes fleurs, & de ma houlette avec la guirlande que je voulois garder à toute force. Mais il ne fut pas poffible. Ma chere, me dit-elle, il faut que l'illufion foit complette. La richeffe de mes habits te dédommagera du facrifice. Tu pourras faire le bonheur du berger que tu aimes, en lui apportant pour dot tous ces tréfors.

ZERBIN.

Nous n'avons pas befoin de tout cela pour nous aimer.

ZERBINE.

C'eft ce que je lui ai répondu. Mais elle me quitta prefqu'auffi-tôt, en m'embraffant & en m'ajoutant ; bergere, n'envie pas le fort des reines. Adieu. Souviens-toi de moi. Je ne t'oublierai jamais. Puiffé-je te donner bientôt de mes nouvelles.

ZERBIN.

Zerbine !

ZERBINE.

ZERBINE.

Eh bien !

ZERBIN.

Retournons vîte au hameau. Il ne feroit pas prudent que nous reftions dans les champs avec ces beaux habits. Ceux qui pourfuivent la reine t'enleveroient fans examen, & peut-être... Allons nous en fans tarder. Je crois déjà les entendre.... Comme tu es belle, ma Zerbine !..... Mais je fens que je ne puis t'en aimer davantage.

ZERBINE.

Et moi, quand bien-même je ferois effectivement reine, comme j'en ai l'air, je fens que je ne t'en aimerois pas moins.

ZERBIN.

Veux-tu permettre à un pauvre berger de t'offrir fon bras.

ZERBINE.

Ah ! Zerbin ! viens ! que je te ferre dans les miens !

ZERBIN.

Mais qu'as-tu donc aux doigts ?

ZERBINE.

Ce font des anneaux & des pierres précieufes.

ZERBIN.

Qu'allons-nous faire de tout cela ?

ZERBINE.

Je n'en fais rien.... Il me vient une idée. Il faut conferver toutes ces belles chofes ; quand cette pauvre reine me donnera de fes nouvelles, comme elle me l'a promis , nous ne lui renverrons tout cela , que fous la condition de me rendre ma guirlande.

ZERBIN.

Ah ! Zerbine! . . . . .

ZERBINE.

N'en ferois-tu pas autant, pour ravoir le nœud que j'ai attaché à tes beaux cheveux ?

ZERBIN.

Ah ! fans doute.

Tout en converfant ainfi, ces deux amans che-minoient vers le hameau. Mais , quel moment pour Zerbin. Des gens armés se jetterent sur Zerbine..... Cependant inftruits de leur méprise, & touchés de la naïveté de ses réponses, ils pafferent outre, sans perdre de tems. Arrivés au village, on accourut en foule du plus loin qu'on les apperçut. La nouvelle circula en un moment. On affiégea la cabane de la mere de Zerbine. Les bergeres sur-tout ne pouvoient se laffer d'examiner d'un œil avide, toutes les différentes pieces d'habillemens de la paftourelle, qui se mit à son aife, le plutôt qu'elle put, en se couvrant de l'un de ses habits ordinaires. La ceinture de pierreries, le collier de perles à plufieurs rangs, les cercles d'or, les pendans d'oreilles, les boucles, les agraffes, la couronne sur-tout, tous ces différens ornemens royaux pafferent tour-à-tour de main en main. On en effaya quelques-uns. Malheureufement il faifoit trop nuit. Les plus coquettes brûloient d'impatience d'aller se regarder sur le plus prochain ruiffeau. Cette ivreffe dura plufieurs jours. Les vieillards de la contrée se perdoient en conjectures, & se faifoient écouter des jeunes avec l'attention la plus fuivie. Quelques-uns d'entreux, en maniant le fceptre, se dirent : il eft bien lourd. Ce fceptre pefe plus que nos houlettes.

Zerbine ne fut pas long-tems sans entendre parler de la reine. Un jour on la vit venir accompagnée d'une fuite nombreufe ; mais elle voulut entrer feule dans le hameau. On la conduifit chez la mere de Zerbine. Là , elle raconta comme elle avoit eu le bonheur de ne point être reconnue fous fon travestiffement , comment elle pénétra jufque chez un fouverain allié à fa maifon. Comment elle l'intéreffa & en obtint un fecours pour remonter fur le trône , & punir l'ufurpateur. Cette reine courageufe ne s'étoit annoncée dans le village que par fa fuite. Car pour elle , elle parut devant Zerbine avec les habits de cette bergere. Zerbin qui étoit préfent , lui dit : grande reine , vous venez fans doute reprendre vos riches vête-mens. On vous les a réfervés intacts ; mais vous ne les aurez , ajouta vivement Zerbine , qu'en m'apportant ma guirlande. --- Tu parois bien at-tachée à cette guirlande. --- Autant que vous à votre couronne. --- Puifque cela eft ainfi , garde mes habits ; car dans mes courfes , je n'ai pas confervé ta guirlande. --- Zerbin , oh non ! reine trop généreufe. Remportez tous ces tréfors. Si jufqu'à préfent nous avons échappés à l'envie , nous le devons à notre indigence. --- Mais du moins , demandez-moi quelque grace : tout ce que vous défirerez , vous fera accordé. --- Écartez à jamais la guerre de notre hameau paifible : nous ferons toujours affez heureux. Et pour conferver la mémoire d'un événement qui nous fera tou-jours cher, puifque l'iffue vous a été favorable ; qu'on éleve près de la fontaine , où vous avez rencontré Zerbine, un monument durable, fur lequel on life ces mots :

I C I

UNE REINE

FUT TROP HEUREUSE

DE DEVENIR

BERGERE.

La reine fe prêta au defir du berger, & tous les ans, tant qu'elle a vécu, ne manqua pas de venir en pélerinage à la fontaine, & d'y célébrer une fête champêtre, fous les habits de bergere.

LEÇON C.

L'ORIGINE DU PUITS DE LA VÉRITÉ.

PARABOLE.

EN ce tems-là : la vérité fut arrêtée aux barrieres de la capitale des Sybarites. La belle enfant, lui dirent les commis, que contient cette balle cachée fous votre manteau ? --- Des livres étrangers. ---- Bons à confifquer ; & vous, condamnée à l'amende. --- Mais je ne poffede rien. ---Eh bien ! nous allons nous faifir de votre perfonne. ---

Et ils alloient exécuter leur contrainte par corps; mais dans le voisinage du bureau des entrées, la vérité apperçut un puits ouvert. Pour éviter une esclandre & la perte de sa liberté, elle aima mieux se précipiter au fond du puits, où elle est encore; personne jusqu'à présent n'ayant osé l'en retirer.

F I N.